U0940034

ブランケット・キャッツ

毛毯猫

[日] 重松清——著
汤晓帆——译

浙江文艺出版社

目 录

对花粉过敏的毛毯猫

1

基本的合同期限是三天——三天两晚。

“虽然可能会感觉稍微有点短……”

对着刚刚签完合同的顾客，店主总是这么说。从语调到表情，就像是描红那样正确地重复。

“超过三天的话会产生感情的。我担心猫会不想再回到我这里来了。如果这种情况发生的话，我觉得无论对您还是对我都是非常不幸的。”

不可以买断。同一只猫同一位客人，原则上也是必须间隔一个月以上才可以再次出租。

“我们是只提供出租的。”

强调的时候，店主冷静的声音里含有盖棺论定的意思，一如既往。

费用一点都不便宜。三天的出租费，加上相当于出租费几倍的押金——合计起来比在这个店主的宠物店里买一只纯血统的猫仔都要贵上一些。

但即使贵，来租猫的顾客还是络绎不绝。供出租的七只猫，从租户家回到猫笼，只待上一两个晚上，又要出发去一个新的、只有三天期限的新家。

出租的时候，猫厕所和猫食是附带给顾客的。要求顾客除了宠物店准备的猫食以外不要给它吃其他东西。“特别是洋葱、鲍鱼和带骨头的鸡肉，绝对不要给它吃！”店主叮嘱。

“洋葱对猫的血液来说是有毒性的，红细胞会被破坏，有可能导致贫血；鲍鱼呢，猫吃了耳朵会红肿起来，严重的时候会引发皮肤炎症，不及时治疗的话，发炎的部分会有脱落的危险；鸡骨头呢，嚼碎时会纵向地裂开，形成骨刺，刺到猫喉咙或内脏的话就不得了了。”

这时候会有记笔记的顾客、有表情吃惊地应和的顾客、有默默点头的顾客、有一脸即使你不说我也知道的那种不在意的顾客……顾客五花八门，反应也五花八门，其实也就是顾客养猫的经验不同，所以反应也完全不同。

即使对于第一次养猫的顾客，店主也会毫不犹豫地给予出租。但是会用有些强硬的口气叮嘱道：“绝对不要和猫一起睡！睡觉的时候一定要把猫放回这个笼子里，笼子里的毛毯也一定要像现在这样铺。哪怕觉得毛毯有点脏，也绝对不要洗。”

“猫是讨厌环境变化的。反复地被租赁，对于一般的猫来说会有很大的精神压力。所以……”

店主用一贯的语气、一贯的表情、一贯的声音说着这些话。从开始一直说到这儿，每次所花的时间，说不定也都完全一样。

“只能用这个毛毯！”

用于出租的七只猫，从出生开始就一直用着各自的几条毛毯睡觉。它们只要有从猫仔时期开始就用习惯了的毛毯在，到哪儿都能安心地入睡。

“以前漫画里不是经常有吗？去旅行的时候把家里的枕头塞进行李里箱的人，就和那是一回事儿吧。”

店主说着哈哈地笑起来，笑法也是每次都不变。

即使现在——也是那样。

·

“好了，这就交给你了，请多多关照，多爱护它一点哦。”

店主把放在柜台上的笼子推向顾客。

和店主差不多年纪——四十五岁左右的顾客表情紧张地把笼子抱在胸前。

“不要紧的，就一般地拎着就行。”

“哦哦……对不起。”

“没关系，这也不是什么要道歉的事。”

第一次，店主的脸上浮现出不类似固字描红般的笑容。

“不好意思，这是我人生中第一次养猫……”顾客重新拎好笼子，苦笑着说。

“不用担心的，它是只非常乖、喜欢黏人的小家伙。你从那个小窗口看一下。有点发愣的样子，很可爱，真的。”

顾客听话地一边提着笼子一边蹲下身子，从侧面开着的小窗朝里张望。

瞬间和猫四目相对。

猫裹在米色的毛毯里，就像店主说的那样，愣愣地朝这边看着。

三色猫——这是顾客的要求。

“……很可爱啊。”

“可爱吧?”店主心满意足地点着头，“刚刚一岁，还留着猫仔的样子，但已经成年了，很多事情都会自己做，正是最好的时期呢。”

顾客轻轻地点了下头，又朝笼子里看去。

猫也还是望着这儿。

用很小的声音，“喵”地叫了一声。

顾客抬起头。“哎，不好意思……”冲着店主说，“忘记问它叫什么名字了。”

“啊，这个呀……”店主一副不以为意的表情，“你觉得什么好呢?”突然反问过来。

“什么好?意思是说?”

“这只猫的名字，起个你喜欢的就可以。重复地叫它几次，它马上就会记住的。”

“是吗?”

“嗯，它可是很聪明的，这个小家伙。”

店主刚说“毕竟”一词后，停顿了一下，接着说道:“名字总是想要自己取吧?因为虽说只有三天，也算是自己的猫啊。”

店主笑着，眼光落在还没输入到电脑的租猫申请表上。

“啊，是石田先生，从今天起的三天，这猫就是石田家的一员了，所以你们给它取个好名字吧。”

“可是……在店里，它叫什么名字呢？”

“叫三毛，因为它是三色猫。我们取什么特别的名字也没用啊。总之，请和您太太、孩子商量，取个适合你们家的名字吧。”

店主的话音刚落，电话响了起来。

对着接电话的店主点了下头，石田纪夫走出了店门。

在走向停车场的途中，他再次回头重新凝视了店的招牌。

在常见的宠物店店名的旁边，写着“本店提供租猫业务”，“猫”这个字的上面，挤着假名注音——“ブランケット・キャッツ（Blanket cats）”。

上网搜索和进店的时候，完全没明白这是什么意思。现在才恍然大悟。“ブランケット”就是毛毯。牵强地将“ブランケット・キャッツ”翻译出来，就是“毛毯猫”吧。

笼子比想象的要重。纪夫又迈开脚步，一边小心着不让笼子来回晃荡。

天空很高，也很广阔，有一种透彻的蓝。远处群山的轮廓晕开着，看起来模模糊糊。

春天——在西日本地区，昨天据说观察到沙尘了。

大陆的沙尘飞越了日本海，可毕竟还是飞不到东京。代替沙尘警报，今天气象预报发布了杉树花粉的警报。

东京郊外一带的山上种的都是杉树，纪夫虽然不受花粉过敏的困扰，但据这个季节离不开口罩的同事们说，最厉害的时候能清楚地看见在空气中飞舞的花粉。

以前妖怪漫画里不是有过吗？从工厂烟囱里冒出来的烟凝聚成人的形状，然后袭击人类……真的就像那个样子。如果把她带来这里，脸上的皮肤会变成什么样子呢？

想到这里，纪夫不由得苦笑起来。此时，笼子里传出了小小的打喷嚏的声音。

猫，也会打喷嚏的吗？

花粉过敏吗？

不会吧，纪夫一边想着一边打开了汽车后座的车门。

他把笼子放在后座前的地上，对猫说了声“一会儿就到了”。

猫又打了个喷嚏，似乎是作为回应。它不是像人那样“啊—嚏！”发出好大的声音，而是“啊咻”“啊咻”，发出好像是东西摩擦的气音。

“喂，你不会真的是花粉过敏吧？”

纪夫摇头苦笑着说道。

猫只是眯起眼睛，“啊咻”“啊咻”地不停打喷嚏。

车上了高速公路，横穿东京中心地区开往千叶新村住宅区。星期六往千叶方向的首都高速道路空得令人惊叹。早上去的时候遇上交通事故花了将近两个小时，回程把在休息区小歇的时间加进来也不到去程的一半时间。

在离家最近的地铁站附近停好车。用手机拨通了妻子有希枝的电话。以为她还在家里，没想到有希枝说“天气很好，一个人在家无聊，出来散步了”，为了消磨时间她刚刚进了车站前的咖啡店。

“那我去你那儿。”

“没事儿吗？把猫留在车上。”

“不把猫留车上，我带它一起过去。”

“可是，带宠物进吃东西的店，是不行的吧？”

“关在笼子里也不行吗？”

“不知道呀，要么我去问一下店里服务员。”

电话里传来待机时的音乐。

纪夫把身体深深地靠进车的座椅背里，叹了口气。

虽说只有三天两晚，但纪夫和有希枝都是第一次养宠物，此前没养过任何动物。

是不是有点太冲动了？正当纪夫感到有点丧气的时候，待机音乐戛然而止。

“服务员说放出来不行，但关在笼子里的话没关系。”

“是嘛。那我这就过去。”

挂断电话，纪夫扭转身看了一眼笼子。相当狭窄的空间，可猫却一直安安静静地待着。从宠物店出来那会儿连续不断的、像打喷嚏一样的声音也不知道在什么时候停止了。

不知道是调教得非常好，还是生来就那种安静的性格，或者是睡着了，又或者……

纪夫突然紧张起来，跳下车，打开后座车门，一把提起笼子。好像是抗议纪夫粗暴的举动，笼子里传出“唔嘎”的低沉的叫声，笼子“咔嚓咔嚓”地摇晃起来。

“……还活着？没事吧？”

放下心的纪夫重新把笼子放回后座上。又叹了一口气，这三天真的能平安无事地度过吗？

“在笼子里再坚持一会儿吧。”

说着，他打开了笼子的盖子，给它换点新鲜空气。纪夫全身戒备，摆出一副绝不让你跳出来逃跑的架势，可是猫却只是乖乖地蜷缩在毛毯里面。

此时，纪夫脑子里想起了店主说的话：

“只有异常优秀的猫才能当毛毯猫的。”——虽然不知道被租到这个家庭那个家庭对猫来说是否是一件值得炫耀的事情，但任性的猫是绝对做不到的。

一同想起的，还有另一句话：和太太、孩子一起商量，然后给猫取个名字吧。店主好像这么说的。

纪夫关上笼子的盖子。

“妈咪已经在等着你喽。”冲着已经缩成一团的猫说道。不过，有希枝说不定更喜欢被叫作“妈妈”，纪夫想着，略歪了一下脑袋。

我自己是愿意被叫作“爸爸”的。如果是被儿子叫的话，“父亲”，也行。

“啊咻——啊咻——啊咻。”连着三下。

“嘿，你不会真的是花粉过敏吧。”

“啊咻，啊咻。”

“花粉过敏，绝对不会错。”

“啊咻，啊咻，啊咻，啊咻。”

“……你就这种地方跟你妈咪像啊。”

纪夫自言自语着，吞回了差一点要和声音一起溜出来的叹息。

坐在窗户旁座位上的有希枝，看到纪夫进来，就摘下了口罩，战战兢兢地深呼吸了一下。吸气，呼气，鼻翼扇动了一下，终于放心地露出了笑容。

“怎么样？还好吗？”

纪夫一边拉开有希枝对面座位的椅子，一边问道。

“刚才有点鼻子痒痒的，现在好像没事了。”

“今天花粉飘浮好像很厉害。”

“嗯，电视里也说了。如果跟着一起去接猫的话，这会儿说不定更够呛。”

有希枝伸出双手，小心翼翼地接过了纪夫递过来的笼子。然后把笼子放在自己旁边的座位上，轻轻抚摸了一下笼子的盖子，十分温柔地对着猫说：“你好，请多多关照。”

猫的喷嚏又不知在什么时候止住了。

“很想早点看看，可是，又有点不好意思呢。”

“非常可爱哦。”

“三色猫，没错吧？”

“没错。说是一只一岁的母猫。”

“要了母的猫吗？”

有希枝一副非常意外的样子。然后，又满含歉意地问道：“你原来不是想要一只公猫的吗？”

“没有特别想要公的啊。再说，好像三色猫是只有母的。”

“是吗？”

“是的。据说雄性染色体是不可能同时有红色毛和黑色毛两种遗传因子的。虽说偶尔发生染色体变异会生出公猫，但概率最多也就是千分之一，而且外貌看起来是公猫，但其实并不是公的。”

“‘其实并不是公的’是什么意思？”

“没有生育能力。”

纪夫说着，眼睛看向窗外。店外面的人行道上，正好有一个母亲带着小孩走过。

“就和我一样。”

纪夫自以为说得轻描淡写了，但声音里还是微微带着颤抖。

有希枝没有接话。

2

纪夫和有希枝决定把连着客厅的那间六帖榻榻米①大小的和式房

① 一帖榻榻米的面积通常约为1.65平方米。

间给猫住，那里能晒到太阳，且没放什么家具，所以显得比较宽敞。

“如果猫抓破了榻榻米或者移门……”

“那点小事，没什么吧。”

“也是。”

两人一开始就做好了思想准备。反而倒是担心猫会不会不喜欢榻榻米的房间。

昨天晚上，有希枝曾说：“如果猫不喜欢榻榻米房间的话，那就把我的房间给它好吗？”

纪夫回答：“把我的房间给它更好。小希你的房间里有化妆品的味道。”

“你那么说的话……”有希枝嘟起嘴巴，“纪夫的房间里不是有很大的烟味吗？”

“我买了空气清新喷剂。”

“啊，你耍赖！那我的房间也喷一下就好了嘛。”

纪夫苦笑着点头表示同意了。原本就知道的，心里也决定好了的，一开始，只是稍稍逗逗她。

“反正只不过三天两晚而已。”

纪夫故意用看穿的表情、冷淡的声音说道。他希望有希枝会说“你讨厌”之类的话。

然而，相反地——说不定有希枝也是故意的，事实上内心像孩子般那样兴高采烈。

“嗨，你说，会不会马上就能抱抱它？”

“我想大概可以吧。因为好像是一只非常习惯和人打交道的猫。”

“我买了逗猫棒，你说它会喜欢玩吗？”

“会的吧，它是猫嘛。”

“可以和小猫咪一起睡觉吗？”

“这个啊……抱歉，不行。宠物店网页上也明确地写着。正如它的名字叫毛毯猫一样，被租到各种各样的家庭里去的时候，必须要和从生下来开始就用习惯的毛毯在一起才能没事。让猫离开毛毯是被严格禁止的。”

听着纪夫的解释，有希枝脸上浮出失望的表情，但立刻又振作了起来，“那我……”她仰起脸来。

“我去榻榻米房间睡总可以吧？我睡在猫的旁边，可以吧？对吧，对吧？”

有希枝说的时候，声音里带着雀跃，脸上写着兴奋，眼睛里闪着光芒。

“……这个嘛，你想怎样就怎样吧。”

纪夫无奈地回答道，摆出一副无可奈何的样子，眼光移向了别处。要不然，说不定自己也会情不自禁地跟着兴奋起来。

毕竟令他高兴的，并不是有猫来住。

他高兴的是因为有猫来住，有希枝会情绪变这么好。

好久都没有见到有希枝露出这样灿烂的笑容了。

在榻榻米房间里与猫玩耍的时候，有希枝的脸上也一直是这样灿烂的笑容。

只有一点不同于刚才，有希枝不把猫叫作“小猫咪”了，而是给它起了名字。“可以吗？真的可以吗？我自己一个人给它起名字？”嘴上说得挺客气的，可是她把猫从笼子里一抱出来，就毫不犹豫地叫道：

“你好！安妮！”

纪夫以为有希枝是取了《红头发的安妮》一书中主人公的名字，但是猜错了。

“也有一点点关系，但是安妮只是爱称，真正的名字是 Anjyu。”①

---

①“安寿”的日语罗马字为“Anjyu”。

有希枝让安妮坐在自己的膝盖上，来回抚摸猫后背的毛边。

“是电影《安寿和厨子王丸》中的 Anjyu 吗?”

“哪里呀。”有希枝笑了出来，“为什么要取悲剧里主人公的名字呢。”——的确，这没有道理。

“Anjyu 用汉字写出来可以是‘杏树’。女孩子名字的笔画数，三十三画是最幸运的。我自己姓氏的笔画太少了，要让这只猫的姓名凑到三十三画可不容易呢。——石田杏树。”

有希枝在空气中比画了一遍数了一下，果然是三十三画。

“我的名字有三个字，跟我一样取三个字的话会容易一些，但这样纪夫你就有些可怜了。对吧?”

有希枝冲着猫，开心地笑着说道。

午后的阳光柔和地照进移门开着的榻榻米房间。在微微融化着金色的阳光里，有希枝抱着猫——安妮。

“真是很乖的小猫啊。”

“嗯……”

“怎么感觉它从以前就一直在这个家里呢。”

“嗯……”

“怎么了?”

坐在有希枝膝盖上的安妮，和有希枝一起扭转头看向纪夫。

"不高兴了?"——两个家伙不明所以的表情也一样。

纪夫移开目光，回答道："没事。"

"真的没有不高兴吗?"

"说了没事。"

"也许，是因为没让你早点抱抱安妮吧。"有希枝用有些恶作剧般的口吻说道，"就是不给你抱!"说着，一边把安妮搂进怀里。

"啊咻。"安妮鼻子发出了声音。

猫又打喷嚏了。

啊咻，啊咻，啊咻，啊咻……四个喷嚏声。

第四次的喷嚏，是有希枝的。

"安妮把打喷嚏传给我了。"

有希枝的笑容透过阳光，像是要逃避那梦幻一般的笑容。

"我稍微出去一下。"纪夫眼睛看向了时钟。

"你要去哪儿?"

"我去随便买点猫的玩具。那个宠物店里摆着猫攀爬架等玩具，我们家也买个比较好吧。"

只是三天两晚，太浪费了吧——然而有希枝并没说出口。

"要不要带着猫一起去?"纪夫试探地问道。

有希枝稍微犹豫了一下："好。"停了一会儿接着说："还是算了，我和安妮一起留在家里吧。和安妮一起外出，还是有点难为情。”

这有什么好难为情的。——纪夫也没有说出口。

“纪夫，你知道，年轻的新妈妈们不是有‘公园亮相’之类的吗？就是那个感觉吧。”

纪夫沉默着，脸上浮起一丝苦笑，歪了一下头。

纪夫很快地做好了外出的准备，冲着榻榻米房间说了声“我马上就回来”，而从榻榻米房间则传来轻柔的声音：“好，早点回啊！”

安妮也叫了一声，发嗲似的，拖着长长的尾音。

“哎呀，你这也明白啊？真聪明啊。”纪夫听到有希枝这么说道，但不知道该露出怎样的表情，没有再去榻榻米房间看上一眼，逃跑般地出了门。

在开车去附近的家居用品商场时，纪夫连续不断地抽着烟。他不是要品尝烟的味道，而是想要咬着过滤嘴的感觉。

“不会有问题的。”他对着自己说，“那个叫作担心病。”他轻轻地骂了自己一下。

没有什么需要担心的事。只不过是几天前就开始期待的猫，终于来了而已。有希枝不是好久都没有那么高兴了吗？我真是的。我自己不也是……反省了下自己，很开心的，今天，非常地。

以前的周末一直都是非常安静地度过的。虽然两个人并不是没有话好说，但和那些从早到晚有孩子在家里跑来跑去的家庭相比，自己的家几乎就像是家里人都外出了般的安静。有好几次快递员来按门铃，开门稍稍晚了一点点，快递员就果断地塞进了无人收货的通知单。

“3LDK”——三间房加大客厅和餐厅，对于夫妻两人来说足够了，甚至还太大了些。两人分别待在自己的房间里时，七十多平方米的一半以上，都是没有生气的空间。

他们俩没有孩子。

正确地说，他们俩生不了孩子。

原因在纪夫身上。虽然性生活没有问题，但精子量极其少，精子的活力也很低。

发现这个事实是在三十岁以后。他们去接受不孕治疗的第一天就知道了的。怀孕的可能性不是零，但无限接近于零。

如果说没有失望，那是胡说。但是无论怎样失望，这也是无法改变的事实。除了想开点没有办法。

——没孩子也不错。

在四十岁以前，也不是故意逞强，的确就这么想通了。

但是，夫妻俩都到了四十岁的时候，安静突然变成了寂寞。黑白色为主色调的客厅，也微妙地令人感到冷清。

今年的元旦，看着朋友寄来的贺年卡，连有希枝自己也没想到会突然泪水盈眶。

那是一个每年都会寄来贺年卡的朋友，寄来的贺年卡上印有其家人的照片。在惯例的祝贺语句的下面，有亲笔写的问候语：

老大今年四月就是中学生了，生下来像猴子那样的婴儿长得这么大，真令人感慨。

朋友的寻常的近况汇报，出其不意地触碰到有希枝心灵深处最柔软的部分。

关于孩子，在感叹“啊，孩子长这么大了”的时候，人究竟是怎样的一种心情呢。

眨着红红的眼睛，有希枝自言自语道：“肯定很开心吧，非常开心吧。”说着，她的泪水滑下面颊。

只要一次感觉到寂寞，那份寂寞就再也不肯消失了。

包围着纪夫和有希枝的这份寂寞，与其说是眼前的寂寞，不如说是想到从今往后安静将要一直持续的未来的寂寞。

“孩子，只是添麻烦。把房间搞脏不说，还会吵闹得令人烦。”纪夫的一个朋友这么说道。

另一个朋友则说：“没有什么比不存在需要你抚养的人更好的事了。”

又有其他朋友说：“孩子不就是人的‘未完成形’吗？你试试看，让人恼火啊。你会想我为啥要这么辛苦地照顾这些家伙！”

有希枝的闺蜜中有人抱怨说：“真不该为了生孩子带孩子而辞了工作。”

当面听朋友说这些的时候也就那么认同了，但现在不同了。像是扑克牌或者黑白棋的棋子被翻过来了一般，那些话从“有孩子的父母的抱怨”变成了“对没有孩子的夫妻的安慰”。

——也许你想太多了，是朋友自然会那样说吧。

——别把我想得那么坏好吗？闺蜜们是不是会这样生气。

最近两年，纪夫和有希枝都几乎没有叫朋友来家里。去朋友家的次数也非常少。

和人的交往变得少之又少。

安静的周末，更加安静，以至于寂静。

“养只宠物吧。”提起这话题的是纪夫，大约在一个月以前。

“如果养宠物，我要猫。”有希枝立刻回应。

现在住的公寓是不允许养宠物的。如果真的打算养猫则必须搬家。公寓是泡沫经济时期——还没有开始不孕治疗时——买的。将来会有一个或者两个孩子，正是想象着这样的情况而做出的一个代价高昂的决定。

二手房市场现在极其不景气。不知道有没有人会来买这套房子，就算有人买，到手的钱恐怕也很难还清房贷。

但是，有希枝却很爽快地说：“没事，钱总归会有办法的。”几乎有现在立刻去房产市场和宠物商店的劲头。

哄了半天，才决定先租一只猫，过几天有猫的日子试试，以后的事以后再说。

于是，安妮来到了家中。

有希枝露出了久违的孩子般的天真笑容。

这样不是也挺好的吗？

在家居用品商场买完猫的玩具后，去房产市场绕一下，让人先评估一下公寓能卖多少钱吧。纪夫心里这样想着。

纪夫在宠物用品贩卖区犹豫了一阵。

在考虑买还是不买这个问题之前，纪夫感到有点失望。在他的眼前陈列着好几种猫攀爬架。缠着给猫磨爪子的麻绳的将近两米高的杆子上，安装着鸟巢一样的小屋子，还有各种隔板、楼梯等。安妮的租赁期结束后完全没有其他的用途。即使搬家后养猫，这种看着就有廉价感的粉红色或天蓝色宠物玩具也很糟糕。

这样的东西放在房间里会破坏原有的格调……

带着失望的表情，纪夫找到了售货员，询问有没有黑白色的猫攀爬架。

售货员完全没有表现出抱歉的意思，干脆地回答说："没有。"

"那是说，全！部！都是这种小孩子喜欢的颜色吗？"

对于纪夫的带有指责意味的询问，售货员也只是随便找了个"因为猫就喜欢可爱的颜色"的理由搪塞了过去。

纪夫气愤地离开了售货员，再一次审视猫攀爬架。

涂色注重体现木纹，设计处处圆滑没有棱角，有些略过分明的色彩……感觉和什么东西很像。啊！想起来了，大概是十年前频繁来往的朋友家里孩子的玩具！

曾经以收藏了二百多张日本的老摇滚乐和民谣摇滚唱片而自

豪的朋友，后来把唱片架让给了儿子摆放超合金或是其他材料做的机器人。“有孩子了就没办法了，什么都只能以孩子为中心。”说这话时，朋友一脸“这样也挺不错”的表情。

“原来如此。”纪夫不由得点头，又一次叫来了刚才的售货员，指着一个猫攀爬架笑着说，“就要这个，我就这样带回去。”

3

数码相机的内存转眼间就用完了。

纪夫对抱着猫又摆了个姿势的有希枝苦笑着说：“等一下。先得把刚才拍的存到电脑里去才行。”

“这么快就满了？”有希枝吃惊地问，“照相机没坏吧？”

真没话说，纪夫苦笑得更明显了：“你看看都几点了啊。”说着，他指了指墙上的挂钟。

“哎呀，已经过八点啦……”

“是的呀，我肚子早就饿了。安妮大概也饿了吧？”

纪夫装腔作势地揉起肚子来，可有希枝看也不看他一眼：“对不起啊，安妮，把你饿坏了吧？”说着便把猫搂进怀里。

安妮有些痛苦地伸了伸脖子，但并不挣扎摆脱，乖乖地被有希枝抱着。从刚才开始差不多有一个多小时，安妮被有希枝抱在膝盖上，无法自由行动，但毛毯猫大概是受过这种训练，也可能是这只猫比较特别，总之它非常听话地待着。

纪夫吃了准备好了的晚餐，给安妮吃了猫食。有希枝很遗憾地表示“想给猫吃亲手做的食物”。可宠物店店主严厉地“关照”过不能给它吃宠物店规定食物以外的东西，理由是如果猫在出租所在的家庭里不断地改变食物的数量和种类是会生病的。

纪夫偷偷地看了一眼在吃饭的有希枝。有希枝脸上浮着浅浅的笑意。目光里闪动着温柔，说的话一字一句荡漾着轻柔。只有他们两个人度过的那些周末里，曾经有过这样的表情吗？

“吃完饭去外面走走怎么样？”有希枝提议道。

“带上安妮吗？”

“嗯，我觉得让它呼吸一下外面清新的空气会更好。”

“狗是必须要遛的，猫……”

“而且，”纪夫接着说，“如果被谁看见我们带着猫可就不好了。”

这个公寓毕竟是禁止养宠物的。

接着，他又加了一句。

“还有花粉症。”

“我不要紧。”

“……是说安妮呢。”

究竟是花粉症还是鼻炎，目前还不得而知，但安妮的喷嚏一直打个不停。没事的时候也是如此，一旦开始打起来，就得打上一会儿。

“可是，房间里的粉尘也会引起打喷嚏的。那还不如呼吸点外面的空气，不是吗？”

有希枝蹲下去看着正在地板上吃着食物的安妮：“对吧，安妮也想要出去走走吧？”

安妮抬眼看了一下有希枝。有希枝甜甜地学了一声猫叫，安妮也回应般“喵”地叫了一声。

“你看，你看。”有希枝开心地笑起来。

这有点作弊吧，纪夫心里想。可拿她没办法，只有苦笑的份。但这样让人心里痒痒的苦笑，到现在为止好像也还没有过吧。

当他们知道生不了孩子的时候，两人曾经约法三章。

“既然无法为人父母，那么作为生物的我们之间就没有联系的纽带了，我们有的仅仅是世俗的‘夫妻’关系。”

有希枝这么说道。纪夫虽然觉得她的话有点牵强，但心里还是明白她想要说的意思的。

“没有联系纽带的两个人一起生活，要一直过下去，我认为必须要考虑周全才好。”

相互不过分干涉——于是两人卧室分开，各人一间带门锁的房间。

财务的基本原则是相互独立——新开一个账号，两人每月从自己的工资里拿出相同的金额放进去，用于日常生活开销。

不按“丈夫”和“妻子”的概念来分配家务，尊重对方的个性——这是他们相互称呼“小希”和“纪夫”的缘由。有希枝在公司里仍然用自己娘家的姓，大门口的姓名牌上，两个人的姓同样大小地排列。

“也就是说，最大限度地给对方自由……如果不这样，只有两个人的生活，最后绝对会像煲汤煲到水都烧干一般。”

有希枝想说的这个意思，纪夫也能理解。没错，的确会那样。

但是——相互尊重对方的自由本身，你不认为也相当地不自由吗？

有时，偶尔，纪夫也想这么问。

但是没有自信能百分之百地说得像开玩笑般，因此从没能说出口。

自从被医生宣判“基本上没有怀孕的可能”的那天开始，已经七年多了，两个人从没吵过架。快要发生冲突的时候，两个人会分不出先后地自觉让步。就是想避免吵架，纪夫内心其实是害怕吵架的，有希枝肯定也是一样。

只有两个人的生活，如果吵起来，没有站在中间立场的人劝解，也没有赞同自己且站在自己一边的人告诉自己“是你不对”，甚至连可以吐嘈的人也没有。

“两个人”，单纯就是“一个人”加“一个人”。“孤单一人”和“孤单一人”以“互相尊重对方自由的好伙伴”的形式联系在一起。

但是，这和所谓的“夫妻”，总感觉哪儿有点不同……

最近，纪夫时不时会冒出这样的想法。

让安妮在夜深人静的公园自由地玩耍。

它的玩耍，并不是像狗那样和主人追逐，或者接住主人扔的肉骨头玩具。把它从笼子里放出来后，立马“嗖”地蹿出去，蹿进了空地四周种的低矮灌木丛里，就再也不见身影了。

“没事吗？真的还会回来吗？”

“会的，店主说只要毛毯在这儿，就绝对会回来的。”

“可是，也该让人看看在玩些什么呀。”

有希枝好像泄了气的皮球，无精打采地坐在公园的长椅上，略微嘟起嘴说：“它就好像终于摆脱了包袱一样利索地跑掉了。”

“猫大概都是这样的吧。”

“就算是这样……就不能稍微表现出一点点感谢，或者一点点亲热吗？”

有希枝回想起来，刚刚在房间里拍照时也是，虽说乖乖地配合自己摆各种样子，但是安妮看上去并没有高兴的感觉。

“我没有觉得它不高兴。”

“你看可能是看不出来。但是，我抱着它，就能感觉得到。这小家伙，只是在表面上配合。”

“你想得太多啦。”

“是真的。纪夫你是不是有点迟钝啊？”

“啊咻——”灌木丛中传来安妮打喷嚏的声音。距离比想象的要近。

“啊咻，啊咻，啊咻，啊咻……”

连续不断的喷嚏声，夹杂着枝叶的摩擦声渐渐地远去。

“安妮也许在听我们说话。”

纪夫开玩笑地说道，有希枝也故作滑稽地耸了耸肩，好像在说“这下糟了”。

“可是，究竟怎么才好？”纪夫问道。

“什么‘怎么才好’？”

“猫究竟要不要养？说不定还是不养的好。”

“嗯……还是想养。”

“我觉得还是狗比较亲热，会跟在主人的屁股后面。”

“但是狗养不了啊。我们都要上班，谁都没时间带狗散步啊。”

“这倒也是。”

原来选猫做宠物，就是因为猫不太费事，可以随便扔在一边而不去管它。借用有希枝喜欢的说法就是：猫比狗更“自由”。

“喂，纪夫。”

“嗯？”

“你说我最近是不是变得任性了？”

对于这个突然冒出来的问题，纪夫一时不知道怎么回答。“没有。”隔了一小会儿他才说出这么一句，听起来有点言不由衷。

有希枝没有再说什么，只是望着覆盖着云层的朦胧夜空。

“啊咻，啊咻。”远处传来了安妮打喷嚏的声音。这次好像跑到相当远的地方去了。既然特意来到公园玩耍，就应该在空旷的地方玩，它却钻在灌木丛里。不过，在哪儿玩是安妮的“自由”，纪夫的嘴角又浮起苦笑。

“我自己还是觉得自己变得任性了。”

有希枝继续抬着头望着夜空，静静地说道，“上班时也是，其他时候也是。看着不顺眼心里上火的事越来越多了。”说完叹了口气。

年轻同事说的不伦不类的敬语，让人听得难受；今年年初开始客户那边负责联系的科长换了一个人，这人总是抖脚，看得人心烦；电脑也让人抓狂，不知道是不是因为换的软件不匹配，总是死机；公寓的绿川太太把可燃垃圾混在不可燃里一起扔，难以饶恕；下班时间绿川那帮人在公寓门厅里大声地闲聊，令人讨厌……

“可这种种感觉，和任性不是一回事吧？”

对于纪夫的异议，有希枝也同意：“找不到恰当的词啊。”

隔了一会儿，她才补充说：“是不是可以说，不如已意的事越来越多了。”然后又订正道：“对于不如已意的事情越来越敏感，或者是越来越没有应对的能力了……对了，免疫力！是免疫力越来越低了。”

以前觉得无所谓的事，现在会纠结；以前觉得可以“算了”的事，现在无法容忍。

纪夫终于有点明白了。

她也许的确是变得有那么点“任性”了。

只有两个成人的生活，基本上就没有不称心的事。两人都自觉遵守着“约法三章”，没有捣乱的人。希望安静的话，安静可以一直延续。夫妻俩交流的时候也绝没有人会来打断。

自以为活得非常地“清爽”。

这种“清爽”不是指房间的整洁或者家具的格调，而是指生活本身，比起那些家里有不听话的孩子乱跑乱抓的、有同居老人不得不护理的或者有令人头痛的邻里关系的同事们来说，纪夫他们活得“清爽”得多。

但是，就像平时太注重清洁的人碰到一点点细菌就会生病一样，现在的“清爽”生活，或许也同样使人的神经变得异常脆弱。

“那么，你想养猫是因为……”

纪夫没有把话说完，有希枝轻轻地点了点头。

“单纯的非常可爱当然也是一个理由，除此以外，是想要有一样让人不得不照顾的存在，一样让人嘴上说着‘真烦人’，可还是必须关心的存在。”

“……这个存在，如果会一点点地成长，是不是更好？”

“那是当然喽。”有希枝点了点头。

纪夫抬头凝视夜空。轮廓模糊的弦月低低地挂在天边。春天的夜空，和清澈的冬夜不同，仿佛披着一层面纱，朦朦胧胧的。

纪夫缓缓地吞回了刺着胸口、欲破腔而出的话——你不就是想要一个代替孩子的事物吗？

肯定，这就是正确答案。

正因为肯定是正确答案，所以不能说出来。

两个人在公园的长椅上并排坐着，缓缓流淌的时间依旧“清爽”。

大约过了三十分钟，安妮还是没回来。让人好像突然想起来那样，时不时能听到几声打喷嚏的声音。虽然能确定还在灌木丛里，可完全没有回来的意思。

“吹下口哨叫它……那是只对狗管用吗？”

有希枝开始感到无聊，笑着没话找话。她合拢起外套的前襟。

白天温暖得令人微微冒汗，可夜里气温降了不少。

“小希，你先回家吧。”纪夫对着她说。

“不要紧。”有希枝回答道，“真是变得很脆弱了呢。人想回家了，可这种想法完全无法和猫沟通。”

“我说，小希……”

“什么?”

“还是不要养猫了吧。还是挺费劲的。因为肯定会尽是不称心的事。”

有希枝喉咙里发了个含糊的声音，既不是点头也不是摇头地转动起脑袋。

“还有那……”

纪夫正要继续说下去的时候，灌木丛里咔嚓咔嚓地响起来。然后，“吱——”传来短促的——别的、更小的什么动物的叫声。

“这次的叫声，是安妮吗?”

“不知道……”

两人站起身来，看向发出声音的灌木，只见安妮慢慢地走了出来，嘴里叼着一只老鼠。

有希枝不由自主地倒吸了一口冷气，瘫坐在长椅上。

4

有希枝无法再去抱猫了。

“它又没吃了老鼠。”纪夫苦笑着说，“抓老鼠玩对猫来说是理所当然的事啊。”对吧？他轻轻抚摸已经被放回笼子里的安妮。

“虽然是那么回事……还是难以置信……有点想吐。”

有希枝非常恐惧地扭头避开笼子。

纪夫又抚摸了一下安妮的头，凝固在脸上的苦涩浸透到心里。

“猫可不是洋娃娃或者玩具。也要拉屎，也会生病的。”

“这我知道的。”

“还有……”

“什么？”

“最后还会死的。”

有希枝像个生气的小孩子那样，依然扭着头。

纪夫默默地关上了笼子的盖子。省略了一句想要说的话。猫还会生孩子的——他觉得这句话不能说出口。

“回家吧。”

说着提起笼子，有希枝没有吱声，倒是在笼子里裹着毛毯的安妮“喵”地叫了一声。

“小希，回家喽。”

纪夫又催促了一声，迈开了脚步。有希枝沉默着跟了上来。

从公园到家慢慢走了五分钟左右。眼前林立着一大片公寓大楼。周末的夜晚，路上没有其他来往的人影，但公寓大楼几乎每家每户都亮着灯。

路过一个告示板，上面张贴着少年棒球队招募队员的广告。旁边是一张标题为《留给孩子们一个美丽的地球》的环保公益广告。

“安妮归还后打算怎么办？”纪夫一边走一边问有希枝。

“……怎么办，你是说？”

“猫，还养吗？”

“我怎样都可以。”纪夫心里想好了。无论有希枝做出怎样的决定，他都同意。

隔了一会儿，有希枝回答道：“我也不知道要怎么办。”

“猫可是任性的小东西啊。”纪夫笑着说。

有希枝不开口，只是“嗞嗞”地吸着鼻子。

明天的花粉指数好像比今天还要高很多。安妮会怎么样呢？是否真的有花粉过敏的猫呢？有希枝想着，歪了一下脑袋，仿佛心意相通，笼子里传出打喷嚏的声音——“啊咻，啊咻，啊咻，啊咻……”

“今天晚上打算怎么办？和安妮睡一个房间吗？”纪夫好奇地问道。

“能给它擦擦嘴巴吗？”

“不能吧。”

“给它洗澡也不行……猫好像讨厌洗澡吧？”

“是的，猫不喜欢洗澡。”

“虽然有病菌、寄生虫之类的，住一个房间问题应该也不大。可是，如果有跳蚤，那就有点让人受不了。”

“啊咻，啊咻，啊咻……”安妮不停地打喷嚏。

“纪夫，宠物店的店主有没有说起毛的事？它会掉毛的吧？”

纪夫轻轻地叹息了一声。

有希枝没有停下，又接着问：“会留下气味吧？”

纪夫歪了歪头，又叹了口气。

安妮的喷嚏终于停了。

离新村公寓很近了，每个窗户里的灯光都亮得晃人眼。纪夫和有希枝家那种控制亮度的间接照明，大概和这幢公寓中全家团聚的气氛不相称吧。两个人生活略显空荡的“3LDK”房间，如果有孩子大概会感觉拥挤吧。和那些家庭的周末相称的大概会是更多的无奈，更多的平凡，更多的喧闹，更多的局促，更多的……

纪夫很小声地说了一遍刚才未说出口的话。

“猫还是别养了吧。”

他也不等有希枝回答，就盯着自己的影子大步地往前走去。

那天夜里，安妮睡在纪夫的房间里。

在盖子开着的笼子里，安妮裹着从生下来就相伴在一起的毛毯，几乎听不到呼吸声，就这样安静地睡着。

纪夫半夜里突然醒来，感到房间的空气里多了那么一点点湿润。

除了湿润，以及让鼻子的深处感到有点毛茸茸的味道，还有非常微妙的一点温度。

脑子一半还在睡梦中，纪夫一开始怀疑自己是否吃剩了什么东西就睡着了。

——“啊，是猫!”他想起来时不由自主地松了口气。

纪夫也不开灯，便坐了起来。

没有涂颜色的笼子，在黑暗里浮现出灰白的轮廓。

“安妮，睡着了吗?”

没有回答。没有回答才是当然。纪夫又苦笑了起来。

“你挺傲慢的嘛。相当有存在感哦。”

他学着孩子的口吻说道。原本是想要掩饰一下自己的尴尬，真说出来，听起来却挺不错。话语如流水般顺畅地流淌了出来。

“小希，她生闷气自己一个人去睡了。”

说着想起来不应该对着安妮叫“小希”的，于是他又重新说了一遍。

“刚才妈妈发火了。”

纪夫感到心脏“怦”地跳了一下。有点像小时候，在海里游泳，游到脚踩不到底那一瞬间的感觉。

“妈妈从来不会大发雷霆的。总是那样不说话，‘哼’的一声便回自己房间去时，就是在发火呢。那种时候，再多说啥也没用的。只有让她去冷静冷静。”

哎，我这是在说啥呢。纪夫感到有些无聊。可又开始对着猫自言自语起来。

“爸爸我也是相当小心呢。”感到心脏又“怦”地跳了一下。

“……随便说说的哦。”

纪夫闭上了嘴，怦怦跳过后的心脏感觉有点沉重。他感觉自己有点犯规了。

在这个屋子里，和有希枝以外的谁说话，真是好久都没有的事了。哪怕是冲着猫说话，哪怕不会有回答。毕竟现在这个房间里自己不是一个人了。

因此，应该算是违反规则了。

星期天一早开始天空就朦朦胧胧的。飘着很多云但没下雨。风很大，潮湿的，意外地吹着温暖的风。有点像梅雨季节。

“要下雨就干脆点下呀……”

有希枝“呲呲”地吸着鼻子抱怨道。虽然刚刚点了花粉过敏用的眼药水，一起床就不停地吃着含有甜茶精（据说是对花粉过敏有效的一种成分）的硬糖，但完全没有效果。

早上电视新闻里的“花粉快讯”报道说今天的花粉指数将达到这个季节的最高值。

“今天你最好别出门。”纪夫说。原本有希枝期待着和安妮一起过个“外出的星期天”的，可这会儿只能“嗯嗯”地点头答应了。虽然比前一天情绪好了不少，但她还是没有把安妮抱在膝盖上的意思。

安妮百无聊赖地在榻榻米房间里转悠几圈坐一会儿，又转悠几圈坐一会儿的。对特意去买来的攀爬架，不知是颜色不喜欢还是其他什么原因，表现出完全不感兴趣的样子。还时不时地打个喷嚏。

有希枝早饭只喝了一点汤。一半是因为鼻子堵塞，身体有点昏沉，一半是因为看见安妮就忍不住想起昨晚的老鼠，喉咙有些堵滞般吃不下东西。

“我知道不是安妮不好……可真是抱歉。”

“要么我现在就把猫送回宠物店去吧。提前一天的费用如果不要求退款的话，我想店主应该会接受的。”

“那太可怜了。不要紧，今天我躲在自己的房间里。反正工作的资料也需要赶出来。纪夫，你和安妮玩吧。”

“那小希……我们还是不要养猫了吧？”

有希枝大概是昨天晚上自己一个人仔细想过了，基本上没怎么犹豫就默默点了点头。

“要不还是养狗？或者热带鱼，那些不太费事的？据说爬虫类也挺不错的。”

“哪个都一样的。和纪夫两个人一直这么‘我行我素’地活到今天，我已经习惯了。现在突然来个有生命的东西，感觉都像是添乱。”

“可是……”

纪夫吞回了没有说出的话。

这样的话，我们不是依然寂寞吗？感觉这也是违反规则。

“纪夫，谢谢你了。”

有希枝突然换了明快的语调。纪夫挺直了脊背，想问“谢什么”之前，有希枝接着说道：“谢谢你让我遇见安妮。我很任性，对于不如己意的事物很脆弱，而且，从现在开始改也不是那么容易的事……安妮让我明白了这些事实。必须做一下才能深刻认识到的事情真的是很多呢。”

“……这样真的好吗？”

“也说不上好还是不好。反正，想要猫按照我的意志去行动，这本身就是任性。安妮，谢谢啦。哦，应该说对不起啦。”

说话间鼻涕流了下来，有希枝赶忙抽了张纸巾。

“不好意思，头晕晕糊糊的，我再去睡一会儿。”说着，有希枝一边用餐巾纸揿着鼻子，一边起身走向自己的房间。

纪夫没有挽留。

听着有希枝房间的门“砰”地关上的声音，纪夫无力地从椅子上站起来。

“还是回去吧，安妮，我这就送你回家。”

安妮令人意外地待在攀爬架上。在最高的格子上趴着，直瞪瞪地俯视着纪夫。被直视的目光压倒，纪夫把目光转向了窗外。

空气中依然飘舞着很多花粉吧。奥多摩或秩父地区的花粉，在风向这边吹的时候，据说会飞越东京湾，一直飞到这儿——千叶。

真是了不起啊，忍不住有点佩服你们这些花呢。你们这么努力地想要传宗接代。不惜令人生厌，也不知道有没有授粉的机会，只管一心一意地播撒出花粉，其实你们伫立在山坡上时，是不是也背负着难以忍受的寂寞？

纪夫收回了思绪，视野边界突然掠过一个影子。

回过头去——比回头更快，安妮从攀爬架上一跃而下，冲着榻榻米房间的移门，“喵”地尖叫着伸出利爪。移门的裱纸被撕开的同时，里面的小木格也被拉断了。

一开始纪夫都来不及反应发生了什么。安妮一边发出野兽一般的叫声，一边在榻榻米房间里飞窜。接二连三地抓坏移门、和式窗户纸、榻榻米的草席。跳上攀爬架又马上跃下，这次利爪伸向了和式的衣柜。

它从纪夫脚下一穿而过，闯进了客厅。跳上矮柜，把矮柜上的相片架、花瓶、台钟一个一个地推到地上。

玻璃花瓶碎了。纪夫也被这个声音惊醒了。

“安妮！停下！”

可他完全抓不到安妮。

纪夫弯着腰追赶安妮，脚抽起了筋。腰撞上了沙发旁边的立地灯。灯倒了下去。房间里响起了灯泡炸裂的声音。

“安妮！停下！给我停下！”

他的小腿撞到了桌腿。

从架子上掉落的CD，稀里哗啦地砸在了纪夫的头上。

安妮又跳上餐桌，咖啡杯、碟子、装色拉的玻璃盆都被一一扫向地面，然后它又用前爪像推保龄球瓶那样，把还几乎是满的两升装的橙汁纸盒推翻在地。纪夫趴在地上，眼睁睁地看着橙汁在雪白的地毯上渲染开去。

“出了什么事？怎么这么吵……”

回到客厅来的有希枝，在客厅门口惊呆了。

安妮从餐桌上一鼓作气地跳下来，连蹦带跳地跑了一圈，又一跃……这次一头扎进了厨房的洗碗池里。

“什么呀？怎么会这样？”

有希枝一边用抹布擦着地板，一般带着哭腔问道。

“我也不知道怎么会这样。”

“不是说好乖的、聪明的小猫吗？”

“……我说了我也不知道。”

纪夫一边夹着叹息回答道，一边捡着曾经花了好多钱买下的意大利名牌 Richard-Ginori 杯子的碎片。

合同上明确写着，猫的恶行引起的损失，店家不负责赔偿。是不是上了那个店主的当了？纪夫怒目看向安妮。安妮这会儿已经完全安静下来，正舔着自己的前爪。

足足花了一小时终于收拾完房间，纪夫和有希枝不约而同地坐到地板上，背靠在墙上。四目相对，有希枝喃喃地说道："真是够呛。"

"嗯，真受不了。"纪夫立刻回答。

他们两个人的"清爽"被搅得面目全非。休假日的安静被打破了。

"不过……"

有希枝看着都是窟窿的移门，却说："怎么反而感觉蛮爽的。"

的确，纪夫点头表示同意。

"养猫也不是那么容易的事。嗯，这下完全明白了。"有希枝装作一本正经地说道，精疲力尽地坐在地上，叫着，"安妮，过来。"她并张开了双臂。

安妮"喵"地叫了一声，跑向有希枝。

"刚刚那么浑身湿淋淋的，这会儿已经干了！"有希枝感叹地说着，抚摸安妮的脊背。

可是安妮刚刚跳进的是浸泡着脏碗的水池，所以毛脏兮兮的。

“必须去洗澡了。”纪夫提醒道。

“让它洗澡很难吧？”

“说不定又要发狂……不过，我们两人一起的话，应该能行吧。”

在说“两人一起”——的地方，纪夫故意略微加重了语气，只是他不知道自己内心的情感有没有传递给对方。有希枝只是盯着安妮说：“绝不输给你哦。”

安妮好像被挠了痒痒般伸展脊背，“啊咻，啊咻，啊咻”地打了三个喷嚏。

“哎呀，你刚刚弄湿了，这下感冒了吧。”

正说着，旁边的有希枝也大大地打了个喷嚏。

纪夫无奈地笑着，站起身走向浴室。

从淋浴的喷头里放出热水。是热一点好呢，还是像对待“猫舌”① 般，用温一点的水好呢？纪夫手上调节着水温，心里涌起了喜悦之情。

偶尔这样，也挺好的。

---

① 日本人常以“猫舌”比喻饮水喝汤怕烫的人。

也不管身上穿着衣服，拿着喷头让热水从头上淋下来。

偶尔这样，也挺好。

“喂，快点来啊，热水已经出来喽。”纪夫呼唤道。

代替回答的是重叠在一起却一大一小的两个喷嚏声。

坐在副驾上的毛毯猫

1

顾客的要求，一直都是黑猫。

和缅因猫——黑子生活了五年。黑子老了，作为毛毯猫退休后，顾客指名要的一直是第二代黑子，虽然是杂交猫但毛色非常光亮。

“也不是说不是黑色就不行。”

妙子在柜台一边等着黑子，一边和店主聊着。

平时妙子并不是这样多话的。然而等黑子的时候，总是说个不停，总是不由自主地兴奋起来。三天两晚，从头到尾，会一直很兴奋。

“可是，黑猫很漂亮，不是吗？嗯，怎么说好呢，作为一个摆设非常漂亮，我是这么觉得的。”

店主一边敲着电脑的键盘办理着出租所要的手续，一边搭着话：“你说摆设，是吗？”

“这种联想，不好吗？”

“没有没有……联想的话，什么都可以的。”

“OK 的吧？”

“当然。”

店主苦笑着，按了一下鼠标。画面上出现了租赁履历。正好隔了三个月。一如既往的节奏，春夏秋冬各一次。

“话说，以前的黑子，它好吗？”

“每大悠闲地过着呢。已经过了可以出租的年龄，剩下就是安享晚年了。”

“退休已经有两年了吧？还会不会记得我呢……哈哈，不可能的吧，它只是一只猫。”

“不是那样的，妙子小姐的事，它肯定记得的。您带它去了好多地方啊。”

“可大家都说猫是不会感恩的动物呀。”

“只是不像狗那么黏人而已。”

“不是说走上三步就全部忘记了……啊，对了，这说的是母鸡。”哈哈哈，妙子笑起来。

店主也迎合地笑着问道：“这次是去哪儿呢？”

“温泉。山上的温泉和海里的温泉。这次打算换场地泡温泉。”

“不错。”

“不错吧？”妙子挺起胸笑开了。

“那样啊，又是山又是海啊……”低着头自言自语的店主，抬起头说，“这次要不要带以前的黑子去？”

“可以吗？”

“黑子也老了，以后大概不会再有远行的力气了。趁现在精神还好的时候，想再让它去去山上和海边。虽然有一段时间的空当，但是和妙子小姐一起的话，我想让黑子去应该没有问题。”

“真的可以吗？”

“如果妙子小姐觉得可以的话。”

“……真的，真的可以吗？”

妙子故意含着下颚抬起眼睛看着店主，装出一副夸张的样子，想象自己是一个得到了一份出乎意料的礼物正半信半疑的小女孩。“真的吗？真的吗？”妙子扭摆起腰肢。

——都已经五十出头了，这是在干吗呢？头脑里还保持着清醒的一角鄙视着自己。但是，还是无法按捺住不同寻常地高昂的情绪。

第二代黑子也挺不错的。但是，还是比不过长年相处的第一代黑子。俩人——就是要用这个词。俩人一起旅行过好多次。和她——就是要这么说。

一直让它坐在副驾上。体形较大的成年缅因猫挺直脊背，有“载着”“带着”这些词所涵盖不了的存在感，称作“旅行的伙伴”才最恰当。这就和爱狗的人骄傲地让金毛犬坐在副驾上一样。

店主一边取消第二代黑子的租赁，一边说：“这应该是黑子此生最后的旅行了，让它留下一个美好的回忆吧。”

妙子满面笑容地点头，目送着店主的身影消失在柜台后面，等只剩下她自己一个人时，表情微妙地变得生硬起来。

好久不见的黑子和两年前最后一次一起兜风时相比，的确是老了。黑色的毛没有了光泽，曾经漂亮的胸毛也变得稀疏了。

把黑子抱进怀里，妙子问道：“黑子！还记得我吗？我是妙子。”黑子虽然不挣扎也不咆哮，可是也看不出有高兴的样子。好像整体动作迟缓，干啥都觉得累的样子。

“年纪是大了，可是没有病。大小便也都能自己处理。”

店主说完又加了一句：“再过半年会怎样就不好说了。”——黑子已经老到这个程度了。

妙子把黑子放进笼子，裹上毛毯。虽然宠物店离妙子停在停车场的车子只是一点点的距离，但是当猫离开宠物店时必须要给它裹上毛毯。因为只有这样才能让猫知道从这时候起它作为毛毯猫的“工作”开始了。

被放进笼子里的时候，不知道黑子是什么感觉。妙子以前也一直想知道这个问题的答案。被毛毯裹起来的那一瞬间，黑子的目光总是凝视着某个点。有时妙子会猜想，缅因猫传说是“浣熊和猫的混血”，黑子因此而获得的独特且带有野性的锐利目光是否正洞穿着某个自己看不见的东西。

“那么，请多多关照喽。”

店主笑着说，笑容就像是浮在空中的肥皂泡般轻柔。

“我换了一辆车啦。”

妙子一边发动引擎一边对副驾上的黑子说道。接着，她耸了耸肩继续说：“不过，依旧是二手的小型汽车。”她解除手刹，叹了口气。

这次是长距离的兜风。目的地是信州深山里的一个温泉旅馆——大概要到傍晚才能到达。虽说已是四月中旬了，却依然有下雪的可能。

开出停车场时，妙子踩了加速，引擎发出刺耳的声音，车体带起的风声也很响。这辆车是最近流行的车厢比较高的车型，在高速以及山路的拐弯处车身肯定会晃得比较厉害。

“黑子，咱们另外去租一辆车吧？更大的，更好的。”

黑子那形状尖尖的耳朵微妙地动了一下。妙子自作主张地把它理解为赞成。

“你也年纪大了，拐弯时车子摇晃的话，说不定会从座位上摔下去的，不是吗？店主说了，你牙齿都差不多掉光了。”

现在，十二岁。算起来妙子第一次租黑子的时候，黑子应该是五岁。据说猫从八岁开始加速衰老，可以说和黑子相遇的时候正是黑子妙龄之时。

“我那时也只是四十多岁呢。算不算妙龄可就不知道了……但真的还年轻。”

在车载导航上查了一下附近的租车店。

“说起来，你的店主让人感觉有点微妙哦。虽说总是笑嘻嘻的，可是怎么说呢，笑容从来都不是发自内心的，或者说有种

'我其实什么都知道'的感觉。黑子是店里的元老了吧，你觉得怎么样？没有被虐待吧？"

加速冲过了一个刚刚从黄灯变成红灯的十字路口，哈哈！妙子开心地大笑。

"你的名字叫黑子，跟你的毛色一样，完全没有文艺气息。"

不过我自己也是半斤八两——妙子在心里加了一句。

妙子，耐子。

其实，已经过世了的双亲原本是要给妙子取名叫"多惠子"的，但是占卦笔画的算命先生说"多惠子"的笔画数不吉利，于是改成了"妙子"①。然而结婚后日本女性多是要改姓的，因此之前姓名的笔画有多少都是没有意义的，妙子觉得自己的双亲完全没有想到这个情况。

第一次改姓是三十年前。总笔画数变成最不吉利的数字。

三年后恢复了娘家的姓。

第二年又改了一次姓。这次总笔画数又是最不吉利。

花了十年的时间，终于明白不吉利真的是不吉利，又改回了娘家的姓。

---

①"妙子""耐子"与"多惠子"的日语发音相同。

原本，决心再也不和谁结婚了，可是又有了第四个姓。那是四十岁的时候。这次——简直像编出来的故事一样，总笔画数还是最不吉利的数字。

本来，活到了四十岁，多少应该长点智慧了。一般会比较喜欢警世明言之类的，各种教训也应该听过不少了。可是……

“妙子”是十画。

如果改成“耐子”就是十二画，总笔画数一下子就变成干什么事都能顺利的运势数字。

要是取名叫“耐子”就好了。如果名字是“耐子”，那么也许跟哪个丈夫都不会离婚了……

车载导航查出了结果，半径十公里以内有三家租车店。两家是制造商的直销店，第三家是自诩专门出租高级进口车的店，还多少散发着有点坑人的味道。

“请确定目的地，请确定目的地，请确定目的地。”导航中年轻的女声不停地重复着。妙子骂了一句“真啰唆”，然后冲着黑子说：“难得的机会，我们奢侈一下怎么样？奔驰、宝马，或者沃尔沃，租一辆那样的吧？钱，有的是。有这么多可以随便花的钱，活到现在还是第一次，也可能是最后一次。黑子，你觉得怎么样？”

黑子懒洋洋地晃了一下毛茸茸的尾巴。

“好，太好了!”妙子决定把这个动作牵强地解释为黑子很高兴。

奔驰 S 级型号的车有一辆空着。虽然原则上要求事先预约，但是妙子交了保证金——连那些习惯了一沓一沓钞票的店员也感到吃惊的金额。

本来好像也是禁止猫或狗乘坐的。妙子保证在车里绝对不把猫从笼子里放出来，并且预付了车内的清扫费，这个也是一个令人诚惶诚恐的金额数目。然而在离开租车店后的第一个红绿灯时，妙子就打破了承诺。

“怎么样，舒服吧？这个车是奔驰哦。如果买的话大概要一千万日元以上吧？我们开车兜兜风，如果中意的话，回家后就买一辆。”真的想买，也不是不行。

刚刚在租车店出示驾照时非常顺利地通过了，看起来黑子的事情还没有被发觉。

沿着双向六车道的路一直开就可以到高速公路的入口。开惯了小型汽车的妙子，感到开奔驰 S 级几乎可以说是在开巴士或者卡车。车内就像是客厅那么宽敞。右舵变成左舵也是一个原因，使得妙子感觉与其说是在开车，不如说是在操纵着一个完全不同以往的交通工具。

“声音真是轻啊，这个大概就是滑行的感觉吧。”

引擎声、车体带出的风声以及轮胎的声音。那是不注意的话耳朵都没反应的轻。妙子原来的那辆停在租车店附近停车场里的小型汽车，连熄了火之后都还会“咣当咣当”地响。

“黑子，你知道吗？那辆车的引擎声听起来是‘乒乓、乒乓、乒乓’的。真的，我真的不骗你。然后急刹车时是‘吱了、吱了、吱了、吱了’的声音，你不相信吧，但是是真的。”

黑子没有回应。年轻的时候就是几乎不叫的猫，上了年纪更加没声音了。

租给其他人的时候不知道是不是也一样。它会不会因为只是三天主人不同而改变性格？

妙子也算是老顾客了，可店主从来不说这些事。妙子有次问店主关于指定租黑子的其他顾客的情况，“是男的多还是女的多？这个说一下不要紧吧”。可还是没有得到回答。店主一直只说着同一句话：“只有出类拔萃且聪明的猫才能成为毛毯猫。”

黑子是否出类拔萃且聪明，妙子不知道。单从反应这点来看，似乎还是第二代黑子看起来更聪明。

但还是——这个黑子好。

妙子和黑子性格相合。

有黑子坐在副驾上的兜风，是最让妙子开心的。三天两夜的旅行，能消除掉妙子肩上三个月累积下的沉默之重。与第二代黑子相处的时候会留有一些沉默之重的残痕，但今天和久违的第一代黑子的重逢，让妙子意识到，以前与第一代黑子相处的时候总是不留残痕的。

“还有啊，我那辆车的雨刷声是‘欠款，欠款’，方向灯是‘累哒，累哒，累哒，累哒’的……”

无聊的话，妙子也能开心地笑着说。

对于这种兴致勃勃，自己也觉得会有点无语。

毕竟事隔两年了。

残痕也积累了好多了呢。

马上就是高速入口了。长野方向，没有交通堵塞。

正困惑着如何操作和自己原车位置相反的方向指示灯开关时，妙子想要变到最左边的车道去，将还不习惯的左舵方向盘转得太快了一些，后面的车辆驾驶者被吓了一跳，小心地放慢了速度，妙子便不慌不忙地变了道。

“到底是奔驰啊。要是我原来的小型汽车，现在肯定被后面的车按喇叭了。”

这样的好情绪真是好久都没有了呢。还得再高兴些才行。还要再聊好多好多，还要再开心地笑笑。

所以，妙子决定一开始就把压在肩上的重担全部卸掉。

“黑子。”

车开上了匝道。

“我……盗窃了……”

2

确切地说不是盗窃。

妙子犯的罪是贪污。

贪污了她工作了三十年的文具批发公司的运营资金，大约三千万日元。

这是一个与“家族式企业”一词几乎完全吻合的小公司。从不勉强地拓展业务，但也不缺乏积极向上的姿态，绝对是和这个时代的大多数企业一样。公司经营并不容易，但确确实实地在大企业相互竞争的空隙里谋得了生存的空间。

妙子一直深受社长的信赖。从现任社长的父亲——前任社长开始，到当时身为总经理的社长之子，都是亲切地直呼她名字的，妙子经手的账目一直是不用过目就批准的。

“他们都是好人。”妙子冲着副驾上的黑子说，“怎么说好呢，就像是《温馨剧场》中主人公给人的感觉，全都是好人。”说着，又踩了加速，虽然速度已经接近每小时一百二十公里。

与社长一家的人品相对应，公司的员工也都是温文和蔼的人。当然，三十年的工作中，也偶尔有过一两次的冲突。性格有点扭曲的人、闲散怠工的人、莫名其妙找碴的人也不是没有。但是事情过去之后，现在回想起来，觉得“大家都是好人”。妙子嘴边浮起的微笑里只有一丝苦涩。

再过几年，应该就可以正常地退休了。在妙子退休前，从小时候起就一直“妙子阿姨，妙子阿姨”地喊着妙子的总经理的儿子也要进公司工作了，老社长甚至还对妙子说：“退休后再返聘你。”

完全没有任何的不满。

现在也是——没有不满。

将来，想起公司觉得不满，不管世事如何变迁，也绝对不会发生。

“我真是太过分了。”

妙子喃喃着，冲着快车道上前面的汽车“叭叭叭”地鸣响喇叭。

后车窗上贴着“车里载有婴儿”标签的汽车，慌慌张张地逃进左面的车道里。妙子仿佛听见前车司机嘴里叫着“天哪”，看见其缩头的样子。

妙子切身体会到了奔驰S级的威严，或者说是威风，甚至是叫作威力的东西。

突然想起了非常崇拜进口车，但最终却只买了皇冠牌汽车的前任社长。现任社长一意孤行地买了雷克萨斯牌汽车作为公司用车时那满足的笑容也出现在她眼前。

三千万日元——

那不是靠着利息或者转卖房地产存储起来的钱，而是从老社长开始，每个员工到处低头赔笑，磨破鞋底，在接待客户时完全抛弃自尊，一点一点攒起来的资金。经营困难的时期，这份资金的数额减少；顺利的时期，数额增加，这份资金的数额是公司经营的晴雨表。

现在，这份资金被妙子全部贪污了。

“我太过分了，真的是太过分了……”

黑子什么也没说，慢慢地伸展了身体，从驾驶座和副驾之间移到了后座。

以前开着小型汽车自驾游的时候，黑子总是扭曲着身体，来回于看着都感觉很挤的副驾和后座之间。而现在是奔驰的S级轿车，其副驾与后座之间的宽敞程度连成年缅因猫也能悠然地穿过去。

“小黑，我们在下一个服务区休息一下吧。”

黑子的喉咙里发出了一个声音，好像在说同意。

过了甲府不远，妙子开进了服务区，在休闲区域旁边的小林子里，让黑子玩了一会儿。

说是让它玩，但黑子已经老了。它慢慢吞吞地走着，离开妙子走了大概才两米，就好像累了似的躺了下来。

妙子坐在长椅上，喝着从自动售货机买来的纸杯装咖啡，漫不经心地看着黑子的后背。

年轻时相当有光泽的黑毛，现在干巴巴的，整体看上去让人感觉干涩。

店主给的猫食，也是给牙齿不好的老猫吃的那种，类似粥状的东西。

好像是喘不过气般，黑子“嘿呼，嘿呼”地呼吸着，虽然没有发出声音，但胸脯起伏着。

和第三任丈夫离婚的时候，妙子第一次和黑子相遇。这已经是七年前的事了。

并不是因为寂寞。

第一次在杂志上看到租赁猫的时候，说实话，其实妙子感觉很无语。对以此赚钱的人，以及对只是三天两夜租猫的人，都感到无语。

虽然被好奇心驱使去租了猫，但小时候她就知道黑猫被认为是不祥的象征。

因此——指定了黑子。

和自己最相称的猫，就是不祥的黑猫。

年轻时读过的寺山修司的一首诗，还留在记忆里。

是这样的一首诗。

有一种，名叫不吉祥的猫，总是在我的身边，寸步不离。

和不幸成为一体的猫，肯定就是黑猫。妙子擅自认定着。

所以黑子的别名就是“不幸”。

让名字叫作“不幸”的猫坐在副驾上整整五年，春夏秋冬各一次，且为长距离的自驾游。

第六年和第七年，则是第二代的黑子陪伴着。但是，第二代黑子的毛色太有光泽，感觉比起第一代的黑子缺少深沉感。虽是和第一代黑子久别重逢，但妙子明显地感觉到了不同。名叫“不幸”的猫，只能是这第一代的黑子。

一只蝴蝶在“不幸”的旁边翩翩起舞。

“不幸”闭起了眼睛。

“不幸”打着哈欠伸展了身体。

“不幸”的耳朵微微颤动。

牵着爸爸妈妈的手的小女孩，发现了“不幸”。开心地叫唤着“好可爱”——可父母微微皱起眉头，其中一个说道：“开车要小心点哦。”另一个回答说：“明白。”

“不幸”躺着把头转向了妙子。

“那我们出发吧？”妙子说着，打开了脚边的笼子盖。

“不幸”慢慢地朝笼子走过来，钻进了笼子。

妙子盖上了盖子。然后提起笼子，站了起来。

在“不幸”的陪伴下，妙子继续旅行。

在通过了诹访湖的第一个出口后，便下了高速。

之后沿着蜿蜒的国道一路北上，拐进林中小道。距离只有一栋小楼的温泉旅馆大概还要两个小时的路程——到的时候肯定已经是傍晚了。

妙子打开了车载收音机。可还是没有有关贪污事件的报道。是慢性子的社长一家还没有发觉呢，还是因犯罪数额太小而上不了新闻呢？

“不过，哪样都行。”

妙子笑着继续开车前行。

在国道旁的加油站加一下油，妙子顺便给旅馆打了个电话。虽然预约的时候已经确认过了，但还是不放心地再问了一遍猫是否可以一起入住。

几年前冬季自驾游时，因为接受预约的旅行社和酒店之间没有沟通好，办理入住手续时被拒绝过。当时她并没有发火，和“不幸”同行，发生这种事也不奇怪，妙子坦然接受了。

结果，那天在一家破旧的汽车旅馆里住了一晚。天花板上嵌着镜子，黑子在圆形的床上蹦跳，想要触摸到镜子里的自己。那时的妙子还年轻，黑子也年轻。

加完油，妙子冲着黑子说：“最后的冲刺了，加油！”然后又自己回答了一句：“噢！”

黑子在副驾上弓着背，一副昏昏欲睡的样子。

妙子对社长一家和公司绝对没有任何仇恨，也并不是怎么都想要那三千万日元。妙子感同身受地知道，这三千万日元对公司而言有多少分量。

“被抓到之后，肯定要问贪污的动机是什么。到时候要说什么好呢……”妙子思索道。

这不是一时的心血来潮。

世上有那种心理不平衡而有盗窃癖的人，妙子虽然不是不能理解那种癖好，但她自己和那种人却不一样。

“黑子，如果是你，你打算怎么说明呢？”

黑子没有回答。

“可是，真的，我也不知道，这事要怎么说才好呢。”

如果勉强找相类似的人的话，好比把花坛里盛开的鲜花全部摘下来的小孩子；或者小心翼翼地把积木搭得很高，然后推倒的小孩子；还有给非常钟爱的丽佳娃娃穿上喜欢的衣服，认真地梳好头发，紧紧地抱在怀里之后，突然把丽佳娃娃的头拧下来的小孩子。

可是，自己已是五十多岁的人了啊！

“这说得过去吗？”妙子苦笑着。

拐入林间小道后，路灯没有了。两侧耸立着山脊，连夕阳也几乎照不进来。一下子暗了下来。打开了车前灯，照出前面苍白的一段路，车内显得更加地幽暗。

“嗨，黑子……我怎么会这么不走运的呢？”

虽然妙子之前就把和三个丈夫离婚的细节都告诉过了黑子。

第一个丈夫奔着小三去了。

第二个丈夫是个酒鬼加赌鬼，还不上班。

第三个丈夫的前妻生癌死了，带着个孩子过来。他是个老实平凡的工薪族。但是太老实、太平凡了，拿跟妙子亲热不起来的孩子完全没有办法，最后以“考虑到孩子的心情”为理由与妙子离婚。

“最近有个朋友对我说，我的男人运这么差是因为前世的冤孽，叫我去庙里找个灵婆驱一下邪，还说可以介绍一个给我认识，哈哈，傻不傻，笑死了……”

对面开过来的车几乎一辆也没有。

大概是气温降低了，车前窗上起了一层雾气。

空调的开关很快就被找到了，可是无论怎么按，送风口都没有动静。

“哎，哎，怎么回事？”在妙子困惑时，后车窗与边窗上也起了薄薄的一层雾气。

没办法，算了，就这么开下去吧。

“黑子，你怎么样，作为出租猫的一生，过得开心吗？或者也不太开心？”

随口问了一句后，突然发现——

应该在副驾上的黑子，消失了。

妙子伸出右手去副驾摸索，什么也没碰到。

“哎，黑子，你在后面吗？什么时候换位子的？太暗了，一点没注意到哦。”

想回头看看后座确认一下，但林间小道沿着河，正好急转弯连续不断，前车窗的雾气还是没有消散，且自己对左舵还是不太习惯。妙子这会儿连看一下反光镜的时间也没有了。

“黑子，黑子！难道你睡着了？”

还是没有回答。后面连一点动静也没有。

“……睡着了？”

妙子放慢了速度，犹豫着要不要把黑子放回笼子里，正好这时看到路边立着目的地旅馆的指路牌，写着还有两公里。

“马上到了啊，那就这样直接去旅馆。”

妙子踩了加速。车前灯的光似乎比先前弱了。

河里的雾气弥漫开来了。

妙子的车刚在旅馆的门口停下，一位穿着和服外套的老人就从旅馆里走出来，好像正等待着妙子的到来。

打开驾驶座的车窗，妙子报了自己的姓名，又加了一句“有猫一起住宿，请多多关照”。老人和气地笑着说：“好，知道的。”好像说这不是什么大事般，笑容深邃。

“你的朋友们早就到了呢。”

“什么?”

“你的车停在这里就可以了。”

老人说完先进屋去了。

妙子惊讶的表情变成了苦笑。她松开安全带，回头去看后座，嘴里叫着黑子。

“让人犯愁啊，好像把我和其他顾客搞混了。我们——”

妙子张着的嘴却说不出话来。

黑子，不在后座。

把车顶灯打开，座位上的确没有黑子的身影。

妙子慌慌张张地下了车。

打开后车门，后座的下方没有，又张望了一下驾驶座和副驾的下方，哪里都不见黑子的踪影。

于是，她又转到副驾，打开车门。手指微微发颤，嘴和脸颊也抽搐起来。

“黑子？小黑，你在哪儿？”

妙子弯下身在黑暗里摸索，空荡荡的什么也触摸不到。

“冷静，冷静……”妙子一边告诫自己，一边直起身子。

从旅馆里传来团体客人热闹的笑声。

都是——听起来很耳熟的声音。

3

不管怎么找都没找到黑子。

半路上掉下车去了？——再怎么样，这个应该不会吧。

比妙子先下了车？——这个更不可能。

从旅馆里传出来的团体游客的笑声，使满心无助的妙子内心更加不平静。

听着耳熟的声音。一个人，两个人，三个人，四个人……没错，每个声音妙子都很熟悉。说话人的脸庞也清晰地浮现在眼前。大家都笑着，大家听上去都很幸福。

但都是不应该出现在这里的人。

妙子摇起头来，向左右使劲地，摇了一次又一次。

笼罩在周围的雾气更加浓厚了。她吸一口气，白色潮湿的雾气直接进入胸腔，感觉呼吸困难。潮湿的空气躲在喉咙深处。

旅馆里传来的声音里夹杂着一个孩子的声音，一个男孩的声音。

“妙子阿姨。”男孩子呼唤着。

不是幻觉。男孩子的声音确确实实在呼喊着妙子。清脆的声音，甚至有些过于清脆。

“妙子阿姨，还没来，她在干吗呢？”男孩子问道。

“马上就来了。”一个成年男子回答道，“只是稍微晚了一点而已。”

妙子的五官扭曲起来。

男孩子是总经理的儿子太郎。现在已经过了二十岁的太郎，用上小学那个时候的声音，在旅馆里说着话。

回答太郎问题的是他的父亲——经理。经理则用着现在四十多岁的声音。

“妙子阿姨，能不能快点来啊……”

仿佛被太郎的声音引导着，妙子摇摇晃晃地迈开了脚步。

走进旅馆。

刚才穿着和服外套的老人，脸上浮着亲切的笑容，指着走廊尽头的移门："这边请。"

"……猫不知道去哪儿了。"

"知道的，我都知道。"

"猫跑丢了，刚才还在车上的，不知道去哪儿了。"

"嗯嗯，我知道的。"

"喂……这是怎么回事啊？这儿是哪里啊？"

"大家都在等着你哦。"

"喂！"

"大家，一直都在等着妙子小姐呢。"

老人又一次用手示意着走廊尽头，请——

很长的走廊。地板发着黑色的光——外面的雾气不知从哪儿渗透进来。

不记得自己什么时候脱了鞋，妙子沿着走廊走去。

移门被拉开。

"妙子阿姨！"

太郎探出脸来，脸上笑开了花，"快点，快点"地示意般招着手。

在他身后，是年近古稀的社长。

“妙子，你来晚了。大家都等累了。”

社长是现在的模样。

旁边又探出社长太太的脸庞：“妙子你来得这么晚，我都担心是否发生了交通事故呢。”大概二十多年前，前任社长太太因为与妙子合不来，于是经常露出对着妙子发牢骚的面容。

妙子挪不开脚步。可是，身体在继续往前。

雾气越发浓厚了。

她觉得自己的身体有点腾空的感觉。

在大客厅里，公司的员工都到齐了。有昨天还在一起工作的同事，也有几年前就已退休了的人。年纪也各不相同。有以年轻时的容貌喝着酒的人，有以现在的模样拿筷子夹着生鱼片的人，也有好久不见而令妙子感叹“这人以前是留这样的发型”的人，也有妙子忍不住要冲过去说“请赶快把单子交上来，你总是不准时”的人。

大家笑容满面，用明快的笑容接纳着贪污了可以说是公司命根子般运转资金的妙子。

大家还不知道贪污的事吗？……

突然，妙子想起来，不对啊，问题不在这里，用力地眨眨眼睛。

幻觉——这肯定是幻觉。肯定是在做梦，否则这不可能。

但是，大客厅里所有人的姿态声音，栩栩如生，完全不像是在梦境中。桌上小煤气灶上煮着的火锅，飘来味噌的香气，有人递过热好的日本酒，妙子喝了一口，也的确有酒的味道。

“妙子阿姨！”

太郎亲热地缠在妙子周围。

“妙子阿姨，你怎么哭了呢？”

“……我没哭，看啊，没有流眼泪吧？”

“是没有流眼泪，可是你在哭。阿姨……你们说，妙子阿姨她现在在哭吧。”

周围听到的人都一齐点头。

这不可能。

可是，这不可能。

“妙子阿姨，别哭了。”

太郎从背后抱住妙子说：“不要再哭了。”

声音从背后渗透到心里。高亢的童音，却显得异常柔和。妙子想起来，男孩子的声音曾经是这样的。

太郎坐到了妙子的膝盖上。

“太郎，自己坐好。这样不乖哦。”太郎的妈妈——经理的太太笑着责骂道。

经理也一边端起小酒杯一边苦笑着说：“真是不好意思啊，这小子平时被宠惯了。”

“啊，爸爸，说‘这小子’不礼貌哦。”

“真烦人哪，你就会说歪理。”

“不是歪理，真的是不礼貌哦。对吧，妙子阿姨？”

“对。”妙子摸了摸太郎的头。

太郎有点痒痒地耸了耸肩，又抬头看着妙子说道：“不要哭了。”

“……我真的在哭吗？”

“嗯，在哭。非常伤心地。”

“我没有伤心啊，见到大家，想起从前的事，很高兴呢。”

不是应景的客套，非常自然地，从心里流淌出来的话。

“是吗？”太郎也高兴地问道。

周围的人脸上的笑容也更深邃了。

妙子让太郎继续坐在自己的膝盖上，有点困难地喝了一口酒。

一股热流温暖了胸口。

“妙子阿姨，别哭了。”

“……我在哭吗？我真的在哭？”

“在哭呢，阿姨，什么事那么伤心呢？有伤心的事吗？”

太郎说着，在妙子的膝盖上转了个圈，面向妙子，伸手抚摸妙子的下颌。

“不要哭了。”好像擦去了妙子流到下颌的眼泪。

“妙子阿姨不要再哭了。阿姨这么哭，我也要哭了。”

太郎声音里带着悲伤。

然后他抚摸着妙子的下颌，接着又说：

“我们大家，谁都没有生妙子阿姨的气。”

雾气蔓延进大客厅来。

坐在妙子膝盖上的太郎的重量消失了。

围着妙子的公司同事们的笑容也渐渐消失在白色的雾气里。

“妙子阿姨，不要哭了。”

太郎的声音仿佛从头顶上空传来。

“沙沙——”感觉膝盖上多了个干燥的东西。

沉重的雾气裹住了太郎，这团雾气消失的时候——膝盖上留着一个小小的头骨。

妙子倒吸了一口凉气。

喉咙的深处，“啊——”的一声发出哀鸣。

“妙子。”经理叫道。“妙子。”经理的太太也接着叫道。一阵雾气覆盖了两人的脸，雾气消失的时候，穿着旅馆和式浴衣和外套的两具骷髅看着妙子。

每个人，都变成了骷髅。每个人，都看着妙子。

“为什么?”不知道是谁问道。

“我们大家不是一直都很友好吗，为什么?”又有人问道。

啊！啊！妙子的喉咙里不断地悲吟。

“但我们不生你的气。”膝盖上的头骨说，“我们谁都没有生妙子阿姨的气哦。”

想要把头骨拂去，可是手却动弹不了。想要站起来逃开，但身体瘫软站不起来。

“妙子阿姨，别哭了。”

“妙子，你不用哭的。”

“是啊，妙子，你已经流了很多泪了，可以了，不用再哭了。”

“妙子阿姨，笑笑吧。”

“对啊，妙子，你平时不是一直笑呵呵的嘛。”

“妙子，别再哭了。”

雾气滚滚涌来，一点点把妙子包围起来。

在白色的雾气渐渐遮蔽视线时，妙子看见骷髅一个一个落地粉碎，膝盖上的头骨从下颌开始散开，不再是头骨的形状。

妙子抱住膝盖上的头骨。在头骨粉碎跌落前，手上切切实实地留下了人的感触，令人如此怀念。

雾气完全消失了。所有的一切都在雾气里融化殆尽。

远处，传来了猫叫。名叫“不幸”的猫，从雾的那一头，很远处，慢慢地，慢慢地走过来。

露天温泉。

妙子泡在用岩石围起来的温泉池子里。

黑子在一块像屏风般用于遮挡视线的大岩石上面弓背坐着。

妙子“啪”地轻轻拍了一下水，确认自己的耳朵听见了水声。

呼地长长地吐了一口气。

在温泉水里来回按摩着自己的手，中间又拧了一下自己的胳膊，再次确认自己是回到了现实的世界里。可是突然妙子感觉悲从中来。

“黑子……”妙子看着屏风的上面，“你为啥恶作剧啊？”

黑子仿佛没听到一般，无动于衷。

“你什么时候开始变成妖猫的？”

老到快要死的猫会有魔力，还是叫什么的神秘力量——儿童阅读的秘术杂志上常有的那些奇谈怪论，对现在的妙子来说，能够非常自然地接受了。

“黑子，你是生我的气，所以才给我看那样的景象的吧。”

还是——自己在心里默默地接着说，还是原谅我了，所以才给我看的呢？

黑子什么也没回答，也不可能回答。

比夜色还要深的黑色身体，慢慢地伸展开，在岩石上趴了下来。

“结束了吗？”

妙子不觉得那只是一个噩梦。

“喂，黑子，你还会再使那样的魔法吗？”

想再一次把太郎抱在膝盖上，这次一定要紧紧地抱住他。

“黑子，你回答我啊。我们是朋友，不是吗？我们认识了好长时间，不是吗？”

如果再一次见到公司的同事们，刚才没能说的话，一定要告诉他们。虽然自己很可能是痛哭流涕地诉说。刚才没有哭，但大家都说自己哭了。那么，这次……太郎会不会说：“妙子阿姨，你笑了。”会不会很开心地那样说呢？

黑子爬了起来。

“嗖！”一下子跳到旁边的岩石上。比起夜的黑色，背后森林的黑色更加深沉。而比森林的黑色更加深沉的则是黑子身上的黑色。

柠檬黄里稍稍掺和着一点绿色的眼睛，在夜色里发着光。“不幸”凝视着妙子。

妙子无法移开目光。

“大家都是好人，真的，大家都是好人……”

就该让他犯愁——那样的人周围多的是。可在公司同事里，妙子想要报复的人一个也没有。

“为什么啊，到底是为什么……为什么我会做了那样的事……”

妙子心里有种不是反省或后悔这类词汇所能表达的感觉，绞得她十分心痛。

“黑子，你都明白的吧？”

黑子沉默地盯着妙子。

“我们是朋友。”

黑子还是没有反应。

妙子慢慢地站起身来，从温泉里站起来。赤裸的身体上，在肚脐的附近有一道疤痕。

“我得了癌症。”妙子笑了，“已经是晚期，开了一刀，说是已经没救了。”

黑子这时才第一次，“喵”地叫了一声。

4

妙子半夜里被冻醒了，索性起床，来到放着台灯桌椅的外间，打开落地窗。弥漫在中庭的冰冷的雾气立刻潮水般地涌进房间。

比东京显得更长的黑夜，一时半会儿还没有破晓的样子，空气里有股青苔的味道。虽然从来没有在这样的深山密林里生活过，但不知道为什么有种非常熟悉的感觉。

妙子在椅子上坐下来，喝了一口昨晚没喝完的啤酒。啤酒已经完全没气泡了，但喉咙感觉少了刺激，反而让啤酒圆润地滑进了食管。

房间的黑暗突然动了。睡在里面房间地板上笼子里的黑子起来了。

黑子悄无声息地穿过房间，来到了外间。“早上好！”妙子打招呼，黑子只是沉默地爬在妙子对面的椅子上——“不幸”又来到了身旁。

“现在才刚刚四点，你也年纪大了，开始早起了吗?”

说完，又喃喃自语道：“啊，不对，猫是夜间活动的呢。”

代替回答，黑子“嗖”的一声跳下椅子，从开着的窗户走了出去。两三步的工夫，黑子的背影就融进了夜色中。如果夜间狩猎是猫的习性的话，黑猫也许有着最优秀猎手的素质。

开着窗等了一会儿，黑子没有回来。妙子拢了拢浴衣的衣襟，抬起了脚，光脚踩在地板上感觉有点凉。她不愿意去拿外套袜子，可这样在外面寒冷的雾气里待着，说不定会感冒。

“黑子，我再去睡一会儿。挺凉的，我要关窗户了哦。”

院子里一片寂静，完全感觉不到黑子的气息。

没办法，还是去拿外套吧。这样想着时妙子走回里间。

可是——那里已经不是里间了。

眼前是笼罩着雾气的湖面。

原先放着被褥的地方，坐着一个女孩。齐眉短发，穿着背带裙，小学生模样的女孩。

“究竟是哪里不对头了呢?”少女说，“你的人生，从哪儿开始变成这样‘不幸’的呢?”

妙子苦笑起来，没有开口。她对着少女说：这样说有点不地道吧。少女愉快地耸了耸肩。

“你想见谁？”少女问道。

少女似乎在表达你想见谁我都能让你见到。她目光狡黠地看着妙子。

妙子的脑海里浮起了几个人的脸庞，但每个脸庞都像肥皂泡般，飘了一小会儿就消失不见了。

留在那儿的，只有雾气中的少女——那最令人怀念的笑容。

“生气了？”妙子问，“是不是怪我把人生过成这样？”

少女说：“嗯，是有点失望，不过，不怪你。”

“我一直都在努力奋斗……怎么会这样？真不明白，干什么都不成功……讨厌的人、讨厌的事，多得让人无法忍受。不用一件一件说，你都明白吧？”

听到这里，少女默默地点头。

“这是第一次。”妙子接着说，“第一次背叛别人，第一次伤害别人，第一次想让他人也头疼一下。”

被告知是癌症晚期时，妙子十分意外，却没有感到死有什么可怕。而是有一种现在的年轻人被老一辈人强烈批评的感觉。游戏结束——“自己的人生”这部漫长的连续剧马上就要剧终了——类似于这样的一种感觉。

不会有皆大欢喜的结局，也很难期待峰回路转。可是，想到自己将要离去，在这个世界上不曾留下任何痕迹，妙子突然悲从中来。

对于自己在“不幸”的下坡路上一路滑落的人生，妙子忍不住想要张牙舞爪，哪怕是留下浅浅的，就像猫的抓痕般那样的痕迹，妙子想要留下后，再结束。

“为什么?”少女问，“为什么选了他们?”“对你一直都很好的人，为什么你要背叛他们?”

“别用‘你’来称呼我!”妙子尖叫起来。声音被雾气吞没，好像耳朵里浸水时那样，只听得见远处模糊的声音。

少女接着又说：“即使被你伤害也能原谅你的人，其他还有好几个吧。为什么选择了他们?你为什么伤害那些你最不想伤害的人呢?”语气既不是责备，也不是埋怨，只是淡淡的疑问。

“别用‘你’来称呼我!”

妙子又叫出来。一把抓起桌上的酒杯，打算朝少女扔过去。

可是，声音和刚才的情景一样，被雾气湮灭，妙子抓起酒杯的手心里，空空如也，变成只是无力地握着拳。

“你究竟想要在哪里留下抓痕呢?”少女说道。

语气不是想要得到回答。好像是在教训小孩子，让小孩子好好地体会一下沉默的分量那样，语重心长。

妙子目光直视少女，一动不动地强硬着。

少女“扑哧”地笑出了声，重新“正确”地说了一遍刚才的话。

“我，究竟想要在哪里留下抓痕呢？”

顺着沿河的林间小道开回国道的途中，初夏的阳光像是埋伏在那里一样，几次急转弯之后依旧迎面刺来。

“今天看起来会很热。”

“喵——”副驾上的黑子，看上去好像不太起劲地应和了一下。

“去海边说不定会晒伤的。”

全身覆盖着体毛的猫是不是也会晒伤呢？黑色的毛，这种天气够呛吧？妙子心里想着。

上了国道后，朝着北方，加速。今天晚上预约了建在延伸至海岬上的旅馆。三天两晚的旅行，进入后半段了。同时，妙子做决断的时刻也越来越近了。

“哎，我说，你的魔法还能使几次啊？”

黑子稍稍伸展了一下，又弓起了背。

因为两次幻觉，妙子见到了想见的人——那些出发时以为今生再也见不到的人。

“社长他们，现在不知道怎么样了？是还没发现账户里没钱了，还是发现了，现在正慌慌张张地找我呢？”

真的，他们都是些好人。

正如少女——以前的妙子说的那样，伤害那些人的理由，一个都找不到。

“说不出为什么……黑子，你应该知道吧？”

因为黑子是猫。

它不是对主人忠心耿耿的狗，而是云淡风轻、随兴所至、我行我素的猫。

黑子在喉咙里发出咕噜咕噜的声音。仿佛是对妙子的话表示同意，也可能正相反，它对妙子的话不屑一顾，或者嗤之以鼻。

车子开过一个很长的隧道。在隧道的当中，看到一个分道的指路牌。从这儿开始，一路下坡，直到日本海，大概有一百公里。

“和黑子一起去了好多地方。多得都记不清到底去过哪些地方了。”

妙子记得有一次办好入住手续一进房间就扑倒在床上痛哭起

来。还有一次，在手机动不动就没有信号的年代，在电话亭打电话的时间比开车的时间还要长。另有一次是醉得恍恍惚惚，一夜荒唐。又有一次，她半开玩笑地说要路上随便叫上一个男人，结果还是没有搭讪的勇气，长夜独眠。还有，在高原的牧场上停下车，打开全部的车窗睡午觉。以及一整天停在河边，只看那流水奔腾不息的那次……

每次，黑子都在副驾的位置上。

没什么亲热的举动，可也不吵着要下车，“不幸”一直陪伴着妙子。

“今天是最后一次了。”妙子说道。

方向盘打向右侧，越过中央线，转过了弯。

对面没有车开过来。

下一个转弯也同样地越过中央线，还是没有反向车驶来。

在第三个转弯之前，妙子切回了转向右面的方向盘。

“哎，”妙子苦笑道，“不可以给别人添麻烦。”

“呜……”黑子低低地吼叫了一下。

眼睛盯着妙子，全身的毛翻起波浪。

“发火了？”

“你冲我发火又怎么样。”妙子移开视线，“不挺好的嘛，反正你也没多久好活了……陪我一起走吧。”

“呜。”黑子不断吼叫着。

能看见海了。

车载收音机里报道了贪污事件。

妙子被称为“负责会计的女性员工”，目前警方“正在搜寻这位被怀疑与贪污事件有关，去向不明的女员工”。有点像电视里的两小时一档的侦探节目。

停在临时停车场里已经超过时限的小型车，大概也被人举报了。从车牌号可以查出那是妙子的车。于是警方在附近展开调查。从租车店的记录里可以发现妙子租了一辆奔驰车。

妙子更希望能从宠物店的线索被查到，而不是租车店。不过这种愿望实在毫无意义。

来到了沙滩边上。夏天这里是非常热闹的水上乐园，不过现在那些小吃店“海之家”的简易平房还没有搭起来，连散步的人影都见不到。

安静的海边。

妙子下了车。打开副驾的门，黑子也像老奶奶那样“哎哟哟”

地下了车。

沙滩反射的阳光让人眩目。应该买一个遮阳帽和太阳镜的。

“黑子，猫喜欢游泳的吗？”

好像哪本书上看到过，猫讨厌毛被弄湿的。

“可是，缅因猫不是说是猫和浣熊的混血吗，浣熊应该会游泳的吧？不对吗？……”

妙子一个人自言自语着，朝拍打着浪花的海边走去。

黑子也不同寻常地——像狗那样，跟在妙子的身后。

妙子深深吸了一口海浪的气息，慢慢地呼出。停下脚步，重复了几次深呼吸，将胸腔里的空气彻底换了一遍。

在妙子做深呼吸的片刻里，黑子超过了妙子，朝着海浪继续前行。

它完全没有被海浪吓到，甚至连踌躇的样子也一点都没有，黑子的大个子，左——右——左——右地摇摆着朝海里走去。

“黑子！”

黑子义无反顾地继续向海里走去。

“黑子，我呢，今天……其实打算，在哪儿……”

要说的话卡住了。

“死”这个字，从喉咙口滚回了肚子。

黑子走入海里了。

一个浪头淹没了它。

开始脚还努力地站在潮湿的沙子上，但被浪头卷起，身体飘飘地浮了起来。

“黑子，危险！”

妙子跑起来，来不及脱鞋，也顾不上裙子的下摆拖到海水里。

黑子在离海边大概一米的地方挣扎着。

妙子伸出手几乎就要够到黑子的时候，又一个浪头打过来，把黑子的身体又朝海里拉过去一点。

“黑子！”

刚刚离海边一米的距离，现在二米、三米的……大概完全湿透的黑毛使得身体变得沉重，黑子在波浪之间时隐时现，渐渐地沉了下去。

妙子发不出声音地心里悲鸣着，下半身浸到水里追赶着黑子。

腰部，胸部，肩膀，下颌……脚踩不到水底了。呛了一口水。鼻子深处感到刺痛，咸苦的海水渗透了双眼。

妙子全力游泳。拼命地朝前伸出手臂。指尖碰到了黑子的毛。

波浪袭来。黑子的身体远了。妙子再次伸手。

波浪袭来。“呜啊——”黑子嚎叫了一声。

波浪袭来。钻进妙子耳朵里来的海水，击打着鼓膜，仿佛有人在骂着：笨蛋！笨蛋！笨蛋！

是令人怀念的声音。好像是早就过世了的妈妈的声音——想起来的时候已经是很久以后了。

躺在干燥的沙滩上，妙子的脸颊有点刺痛的麻痹感。

“你瞧你都干了什么？”

她微微瞪了一眼躺在一边的黑子。湿漉漉的毛上沾满了沙子，黑子好像忘记了刚刚差点就要被淹死，正用鼻子嗅着埋在沙子里的木头碎片。

“黑子，你看着像天妇罗或者沾满了面包粉的炸大虾哦。”

妙子想要开个玩笑轻松一下，可是看着黑子，眼里却涌出了泪水。

刚才没有说出来的那个“死”字，不知道是沉到了腹底还是被海浪粉碎了，现在已经无影无踪了。

“刚才那个……是最后的魔法吗？”

黑子没有回答。

“怎样都行吧。”妙子翻身仰卧，举目望向蓝天。

“黑子。”

海浪的声音渐渐地变远，眼睑变得沉重，睡意笼罩了妙子。

“黑子……以后我们再一起自驾游。我们是好朋友。我要是死了，你就什么地方也去不了了……你也加油努力变得长寿……”

妙子用手轻轻抚摸了一下腹部手术的疤痕，对着疤痕自言自语道：“癌宝宝。”脸上浮现的苦笑又瞬间消失了。

“癌宝宝，咱们也一起再自驾游吧。我们友好相处。我要是死了，你也什么地方都去不了了呢。”

远处，传来汽车引擎的声音。刹车。开门。关门。妙子躺着睁开眼睛，看见一辆警车停在了奔驰的前面，穿着警服的警官看着车牌号，拿起了对讲机。

妙子轻轻地合上眼睛。

“黑子，我们以后还去自驾游……”

黑子抬起身体，来到妙子的身边，贴着妙子躺了下来。

妙子闭着眼睛，抚摸着黑子的脊背。抚摸着“不幸”。她从眼睑的缝隙里，看见沐浴着阳光的睫毛，轻轻地晃出七彩的光晕。

没有尾巴的毛毯猫

1

少年在为顾客预备的沙发上坐着，翻着档案的手停了下来。

“你看，这个……”少年用肘关节轻轻撞了撞坐在旁边的父亲。

“怎么？看到喜欢的了？”

“嗯……是……”

“哪个？”

父亲朝档案看过来。少年身体往后靠了靠，让开了父亲毫无顾忌凑过来的脑袋，指着翻开的那一页上下方的照片，说：“是马恩岛猫。”

“什么呀？从没听过。”

“……我也没听到过。”

“马恩岛猫，看起来，外表好像很不对称哦。”

父亲歪起了脑袋，对着在柜台后面的店主问道：“这马恩岛猫，都长这个模样的吗？”

“是的。”店主冷淡地点点头，“就是这样的。”

马恩岛猫——原产于英国马恩岛的短尾猫，又叫兔猫。

念了照片上面的解说，少年问道：“为什么又叫兔猫呢？”

“因为它会像兔子那样跳。”店主的态度一改刚才的冷淡，很热心地回答道。“是猫却像兔子那样跳吗？”“是的。你仔细看照片就能看出来，它的后腿和前腿比起来长很多，所以走路的时候，不是走而是跳，和兔子一模一样。”

哇——少年的眼睛睁得圆圆的。

“还有，”店主笑着又说，“照片里的猫，没有尾巴。这是马恩岛猫的特征。”

“……真的呢，它没有尾巴！”

“马恩岛猫根据尾巴的长度不同有不同的名字。完全没有尾巴的叫伦比无尾猫，随着尾巴变长，分别叫伦比尾尖猫、斯顿比截尾猫和隆吉有尾猫。一般来说尾巴越短价格越高。我们的毛毯猫是伦比无尾猫。”

店主自豪地说着，少年的父亲脸上带着“真是无语”般的笑容插嘴道：“也就是说，那是一种畸形吧？越是畸形价格越贵，是吧？人类真是残酷啊。为了娱悦自己，造出这种没有尾巴的猫来。”

“不是这样的。马恩岛猫据说是基因突变而诞生的一种猫。”店主不容置疑地说。

父亲觉得有点无趣：“哼，反正怎么诞生的都无所谓。”点了一支烟，又说：“幸治，赶快决定，就要马恩岛猫吗？”

“嗯……再等一下。”

少年又翻了一页档案。

父亲又从旁边凑过脑袋，笑着说：“不过是只猫，还真有不少品种。”嘴里吐出来的烟，就在少年的鼻尖。少年屏住呼吸，露出一个笑脸，又翻了一页。

“我还是就要马恩岛猫。”

父亲满意地说：“好！决定了，就这么定了。”叼着烟站起来走向柜台。

“虽然是没有尾巴的猫，有点诡异，但儿子喜欢，就要它了。三天两晚多少钱？”

父亲说着就要从外套口袋里掏出皮夹子，可是被店主制止了。店主板着脸说道："有一点要先确认一下。"

"什么？"

"您儿子多大了？"

"初中一年级。"

"是你儿子租猫吗？"

"是啊，钱当然是我付。哦，需要保证人什么的话，我也可以。我是他的家长，也是有正式工作的人。"

店主默默点了点头，好像在说"哦，这样啊"。

停顿一会儿，店主又一次点了点头，这次还夹着叹息，然后看着父亲说道："非常抱歉，猫不能出租给未成年的客人。"

"你等等！"父亲变了脸色，身体压上了柜台，"你怎么开始不说？"

店主面不改色地说："您看过我们的网页吧，注意事项里写着呢……"

父亲发火了："那种东西谁会看啊！"突然声调高了八度，"我们进来你就该跟我们说，不是吗？"

店主耷拉下肩膀，低下眼，不搭理。

少年在沙发上，也同样地缩了下身体，低下头。

店主看见了少年这个细微的动作，重新又抬眼看向父亲。

“未成年孩子要租的时候，我们一般要求以家长的名义租。”

“那就以我的名义好了。我租，就行了，对吧？要填什么表格吗？我马上就写，赶快拿出来。”

店主从抽屉里拿出租猫申请表，“哈”地呼了口气，又把表格放回抽屉。

“非常抱歉，还是不能租给你们。你们去别处看看吧。”

少年的父亲怒目瞪住店主。这位父亲并不是那种长相可怕的人，而是穿西装比穿休闲装要合适很多的那种——在商店或餐厅里动不动就对店员发火的人。这种类型的人很多。

“马恩岛猫是一种很有爱却性格纤细的猫，能敏感地知道主人是不是喜欢自己。如果你们不能好好地宠它的话……”

“没问题。”

“租给孩子的时候，家长一起爱护猫是前提条件。否则，当孩子照顾不过来的时候，猫就会变得很可怜。”

“都说了我也会爱护它！怎么，你不相信顾客说的话吗？”

“也不是说不信任你……”

“你到底想不想做生意啊？顾客说要租，你不出租吗？”

父亲是个急性子，事情不像自己想象的那样发展，立刻就怒容满面。

“你们以前养过猫吗？”

“没，谁高兴养猫。不过，没问题的，只不过三天两晚而已。”

似乎非常有自信。

可自信的依据，基本上是没有的。

作为猫的主人……“只不过”三天两晚，其实是更加不适合的。

哎——，店主把视线从父亲移向儿子。

两人四目相对。

少年还是和刚才一样，缩着身体看着父亲和店主吵架，仿佛是自己在挨骂。而且，对于自己父亲粗暴的态度感到很难堪的样子。

“你喜欢马恩岛猫？”店主问少年。

少年默默地点了点头。

“好吧，破个例，以你的名义租给你。”

“……可以吗？”

“嗯，虽然只是三天，你要好好地爱护它哦。”

从抽屉里重新拿出申请表，对少年招招手：“来，你过来。”

被晾在一边的父亲觉得更无趣了：“规则是随便改的啊。”说着，坐回沙发上。想要点掉烟灰才发现没有烟灰缸，“切”地嘟囔了一声便站了起来。

“幸治，爸爸在外面等着，快写，快点租好出来。”

说着父亲走出了店门。

店里留着他散发的“不耐烦的味道”。

在申请表上填着地址，少年小声地说：“刚才对不起了，我爸爸是个急性子。”

店主苦笑地说：“这不是幸治君你需要道歉的事。”

“……可是刚才你心里也很愤怒吧。”

“‘刚才’是指什么时候？”

“我爸爸说马恩岛猫‘长这个模样’的时候。”

店主又笑了，说道：“这种话我不在意的。”然后又加了一句，“大叔我本来就不是笑容可掬的人呀。”

少年这才有了点笑容。少年长得和父亲不是很像，眼睛很大，脸部线条柔和，一看就是受老师喜欢，在同年级的女生里也很有人气的样子……而且，有种让人感觉他妈妈只顾围着他团团转，把老公撂在一边的氛围。

“你喜欢猫？”

“是动物，我都喜欢。小小的，让人想抱抱它。”

“你看中马恩岛猫的什么了呢？”

“开始只是一种直觉，后来，知道它是猫又像兔子那样跳，没有尾巴，觉得很稀奇，所以决定要它。”

“马恩岛猫没有尾巴的原因，要听吗？”

“是有原因的吗？”

少年仰起脸，睁大了眼睛。吃惊的时候眼睛睁得圆圆的，大概是他下意识的动作。

“传说，马恩岛猫是最后一个登上诺亚方舟的动物。你知道诺亚方舟吧？”

“……洪水那个吧？”

“是的。马恩岛猫最后一个跳上方舟，正好方舟的门关了，它的尾巴就被夹断了。”

少年的眼睛睁得更大了：“真厉害！”声音很是兴奋，“马恩岛猫运气真好啊！”

“运气好吗？尾巴被夹断了哦，是可怜的猫吧。”

“可是，它如果没有乘上方舟，就会被洪水淹死了呀。只要再晚一瞬间，就出局了，所以紧巴巴地赶上，不是很幸运，运气很好吗？”

“原来如此……”店主大幅度地点头说，“幸治君你是一个想法很积极的孩子。”

少年不好意思地笑了。

少年在后座上坐下，父亲一边解除汽车手刹，一边说：“真是个随意胡来的店……”依然是怒气冲冲的，少年心想：“如果真的那样坚持说不给租的话，爸爸可真的要发怒了。”

少年没有说话，两手抱着放在膝盖上的笼子。笼子里是裹着毛毯的马恩岛猫。他打开盖子，轻轻地用手指抚摸了一下马恩岛猫的后背，“幸—治”，不出声地动着嘴巴。

“那个店主，跟幸治说话时的口气可真不礼貌。好像跟你很熟一样，看你是孩子就不尊重你。爸爸我对那种行为深恶痛绝。”

少年知道父亲从反光镜里看着自已，就笑了笑。

“你脾气好，也许不在意。可店主那样对待客人是不可以的。”

在父亲说“脾气好”的那一瞬间，幸治脸上的笑容却凋零了。

“幸治。”

“什么?”

“学校，有趣吗?”

“嗯……还可以，一般般。”

“没有被欺负吧？没事吧？如果，我是说如果，如果有的话，一定要告诉爸爸或妈妈哦。”

“没事。”

“可是，你突然想起来要租猫……不会有什么事吧？你妈妈也很担心呢。真的没事吗？什么也没有吗？没事？”

“什么事也没有。”

“那就好……不是常有吗？被欺负了却对谁也不说，自己一个人烦恼痛苦，然后自杀的孩子。绝对不可以那样的，哪怕是小事，哪怕一点点烦恼，也要告诉爸爸。一起商量。爸爸不管怎样都会保护你的，把欺负你的人杀了也行，跟学校吵架也行。”

父亲有力地说着，又加一句：“说到做到！爸爸发起火来可真的很吓人的。跟那些胆小怕事的父亲是不能相提并论的。”

少年笑着说：“我知道的。”

父亲不是胡说八道，不是逞英雄，也不是言过其实，少年是知道的。他之前就是那样做的。小学四年级的时候，虽然还算不上欺负，只是一个小小的冲突，少年流了些鼻血，父亲就冲到那个孩子的家里大发雷霆，让对方的妈妈下跪赔礼。六年级时，幸治和几个小朋友一起捣蛋，班主任老师却只严格批评了幸治一个人，父亲连教导主任、校长都没放过，还给教育局写了信。

只要是幸治的事，我就不知道分寸了，啊——

有一次，父亲自己对母亲这么说。少年当时站在客厅的门外听着。父亲的声音，与其说是自我反省，不如说更像是在自我陶醉。

车子开过了多摩河桥，进入了少年居住的区域。从侧道上开出来的车挡在前面，父亲很不高兴地踩了刹车减速，嘴里骂道："所以我讨厌周末，这种烂司机都跑出来添堵。"

少年又打开笼子的盖子，抚摸了一下马恩岛猫的后背。

"幸—治……"

"嗯，你说什么？"

"……没说什么。"

少年给马恩岛猫起的名字是"幸治"，和自己一样。听诺亚方舟的故事时，就决定了。马恩岛猫差一点点没被洪水吞没的好运，幸治也想要。

"不过，喜欢动物是一件好事。你从小就是一个心地善良的孩子，难道不是吗？"

幸治被父亲要求回答的时候，口袋里的手机正好响了。

"手机真不是个好东西……中学生用它，太早了。"

话语被手机铃声打断，父亲的情绪一下就不好了。之前，幸治小学六年级参加补习班学习的时候，因为“晚上路上可能有危险”，所以命令幸治妈妈给幸治准备手机的，正是父亲自己。

少年打开了手机中刚刚收到的邮件。

题目——可能糟糕了……

“听说，山修昨晚向他爸爸说了。怎么办?!”

少年感到自己的后背有个冰凉的东西滑了下来。可腹部反而有股热气上来。

他合上了翻盖手机，抱紧了有“幸治”在里面的笼子。

“不过，真的，如果在学校有不开心的事发生，不管是什么都要记得来跟爸爸商量。”

父亲说着。

少年没有回答，取而代之，“幸治”“喵”地发出一声甜甜的叫声。

2

回到家和马恩岛猫玩的时候，又收到几封同学发来的邮件。

“紧急情报！刚才山修的家长好像去学校了。”“校长室里的灯亮了。这下大概真的不好了。”“山修真讨厌。杀!”“给户山家匿名打了个电话，他老婆说他有紧急事情去学校了。我们有危机了?”……

少年一封邮件也没回复。

一如宠物店店主说的那样，马恩岛猫的确像兔子那样跳。前肢和后肢的长度，仔细看果然是非常不对称。作为一只动物来说，这个不对称对生存下去应该弊多于利。根据自然法则，它早就灭绝的话也不奇怪。因此，能赶上诺亚方舟一定是因为好运吧?

晚饭后收到的邮件，基调微妙地发生了变化。

“山修，昨晚自杀未遂，是真的吗?”“听说在遗书上列了姓名。是认识山修家长的人说的，应该是真的。”“主犯是幸治哦，请多多关照。(开玩笑。可是，真的)” “我们会不会被逮捕呢?”……

幸治悄悄地把家里电话的无线分机拿回了自己房间。

万一，学校打电话来，怎么也得赶在父母之前接电话。妈妈接的话还好说，如果爸爸先接了，可就糟糕透了。

儿子心地善良——父亲这么认为。

幸治学习成绩很好，但是因为是独生子女，性格稍微有点内向。所以可能会被同学欺负——父亲是这样看他的。

但他们一点都不明白。

什么都没有注意到。

母亲本来就是个凡事不慌不忙的乐天派，反而是父亲读了好些关于育儿的书、关于校园欺凌的报告文学，学习了不少“受欺凌的信号”和“孩子的SOS”的发现方法。父亲其实有焦虑症。当少年偶然从网络上看到有出租猫，说“想要租个猫试试看”的时候，父亲在少年的面前高调地说“可以，没问题”，但是之后又找出以前的书看了一遍。这是母亲告诉少年的。

什么都不知道，真的是……

父亲感觉迟钝，又总是以自我为中心，结果变成一个非常典型的盲目溺爱型家长。

少年总是以冷眼看父亲的背影。当父亲突然转身可能四目相对的时候，少年总是慌慌张张地低下头。

“受欺凌的信号”一般有两种。

一种是“被其他人欺凌的信号”，另一种是“欺凌其他人的信号”。父亲还没意识到书上写的都是“被其他人欺凌的信号”。

抚摸着马恩岛猫的后背，叫着“幸治”。当自己叫自己的名字时，不知道为什么，少年感觉身上的压力好像轻了一点。

“‘幸治’，山修是不是很差劲，怎么可以去家长那里告发呢……做那样的事，所以才会被欺负的。”

山修——山本修吾，班级里所有其他的男生都讨厌他。虽然他并没有给谁添麻烦，也没有背叛谁，但所作所为却让人厌烦。

“‘幸治’，你知道吗？山修很喜欢你的，绝对没错。”少年对着猫说。

刚刚进入中学的时候，幸治和山修关系是很好的。虽然少年并没有特别把山修看作“朋友”，但是山修一到休息时间，就喊着“幸治、幸治”地凑过来。幸治去上厕所时，并没有叫他，他也会跟着一起去；吃便当的时候，也没叫他，可转眼就发现他已经在旁边了。

“总是来撒娇，怎么会这样呢？那家伙是不是非常缺爱？”

马恩岛猫“幸治”不知道是不是趴坐的时间太长了，想要活动活动，“腾”的一下跳到离少年远了一点的地方。

“不过，也许那是‘幸治’的魅力造成的？”

“哈哈——”说着少年自己笑了起来。

少年笑完看了一下电话的无线分机，咽下了一声叹息。

山修并不坏。只是，真的是烦人。话很多，声音很尖。幸治父母的姓名、工作，有没有兄弟姐妹，为什么是独生子女，喜欢吃什么，不喜欢吃什么，喜欢的体育运动，不喜欢的体育运动……鸡毛蒜皮的小事，都要从头问个遍。知道了倒也不会去告诉别人，可就是没完没了，没完没了地问啊问。

“那家伙并没有把我的事去告诉其他人。他是傻瓜吧？你说呢，‘幸治’。”

一开始，幸治还能忍受山修的讨人厌。对于山修“幸治、幸治”的叫唤，幸治只要搭理他，基本上希望的事山修都会满足他。比如帮幸治去拿个什么东西过来，让幸治抄作业，便当里的白煮蛋幸治想吃就给幸治……有一次放学回家的路上，幸治不抱希望地随口说了句“请我吃个汉堡包吧”，山修也真的……

“难以置信对吧，山修真是个傻瓜。”

少年猛地跳上床，躺下凝视着“幸治”。

背对着少年的“幸治”猫的背影，因为没有尾巴，看上去完全没有防备。

绝对不可以敲打马恩岛猫的屁股。宠物店店主曾这么警告过。马恩岛猫没有脊椎骨的最后一节，所以屁股是它的弱点。这也是跳进诺亚方舟的代价。

“你的运气究竟是好还是坏，真不好说啊。”

“幸治”缓慢地伸展了一下身体，然后又像兔子那样跳了一下。

少年翻了一下身，改成仰卧，盯着天花板。电话铃还没响起来。“也许勉强能躲过去。”少年安慰着自己，内心还是感到不安。随着时间的流逝，不安更是加重了。

伸手拿起手机，进到“已收邮件”。

又看了一遍同学发来的那个“主犯是幸治哦，请多多关照。(开玩笑。可是，真的）”的邮件。

“开什么玩笑!”少年把邮件删除了。

他变得越发不安。

突然发现“幸治”正扭转着身体盯着自己。

“……什么呀，幸治，你现在想起来害怕了?”

“幸治”面无表情，只是用玻璃珠一样滚圆的眼睛盯着少年。

“你不是孤独一人，不只是你一个人的错，那是……”

如果父亲知道了所有的一切，会不会这样对自己说?还会保护自己，还会为自己战斗吗?

“如果幸治被欺负，爸爸，绝对会拼着命保护你的。”像是口头禅那样，父亲总是这么说。

可是，发生相反的情况时会怎么样，父亲从来没有说过。

快要晚上十点的时候，家里的电话铃响了。

快接——

少年脑袋里这么想着，可是眼看着显示屏上绿色的显示，身体却没动。

显示屏上从对方电话号码变成了“主机正在使用”。

少年呼吸困难。

闭上了眼睛。

“那是怎么一回事？”

父亲冲着电话大声嚷嚷的声音，分不清是现实还是幻觉，感觉像是从遥远的地方传过来。

进入五月，幸治习惯了学校的生活①，合得来的朋友也渐渐多了起来。开学时从别的小学来的同学，也都熟了。

可是，山修还是一如既往地跟着幸治，没有找新朋友的意思，甚至在幸治和其他同学聊天的时候，仿佛要把幸治拉回自己身边一样，没事时也“幸治、幸治”地叫着。

---

① 日本四月初开始新的学年。日本初高中和大学的新学期于每年四月时开学。

对方聊天被打断，怒目而视时，山修也毫不在意，仿佛让幸治回头看自己就已非常满足了一般，“幸治，今天早饭吃了什么？”山修用尖尖的声音问些毫无意义的事。

烦人。

烦人。

烦人。

五月中旬的一天，那天轮到山修当值日生，在他去教师办公室的间隙，饭岛同学问：“山修和幸治是挚友吧？”

——“你们，是‘同志’吗？”柳濑同学也嘲笑道。

然后，铃木同学仿佛在“黑胡须千钧一发”① 的那个木桶上插上一刀般说道：“可是，怎么说呢，山修那家伙，不烦人吗？”

周围的同学们，脸上浮现了一刹那的困惑，当有一个人表示赞同地点了点头，大家都松了一口气，你一言我一语地也表示同样的看法，以避免自己被孤立。

此时，默不作声的只有少年一个人。

“啊，幸治，我们这么说真不好意思呀。”

---

① 黑胡须千钧一发，从日本流行起来的一种游戏，一般是一个木桶，冒着一个黑胡子海盗的头，木桶上有一些缝隙。玩家轮流将剑插入桶上的缝隙，一旦某一把剑触发了桶内的机关（每次游戏触发机关的缝隙均随机改变），则海盗会蹦出来，插这把剑的人就算中彩，要接受惩罚。

富山同学一手竖在胸前做了个抱歉的动作，笑着加了一句："现在大家说的话，可别告诉山修哦。"

少年后背有飕飕发冷的感觉。心想，这个不妙。这样下去，大家会把自己和山修绑定在一起。

"山修，小学时就被同学欺负的。""嗯，看得出来，可以说就是那个类型?""声音很吵。""老是喜欢低头抬眼看人，那个，让人恶心。""我们也欺负他吧，哈哈"……"那可不好。""瞎说的啦。""可是，真的令人上火，那家伙。"……

富山又转向少年说："你不要当间谍哦，幸治。"虽然现在是笑着说，好像是个小小的玩笑，可是，何时会发生怎样的变化，少年也不知道。

少年慌慌张张地说："我也觉得他非常烦呢。"

只有一句话大概不够——少年心想。

"真的，我们一起欺负吧，山修那家伙。"大家一起叫出了声。"如果幸治这么说的话，我们可以跟你一起干。"

对于富山说的话，大家都点头赞同。

少年又感觉后背发凉。

自己被推作主犯了。但是，已经无路可逃。

山修办完事从老师办公室回到教室。看见少年，就同往常一样地“幸治、幸治”地叫着，走了过来。

富山他们全都朝幸治看过来，脸上“嘿嘿”地笑着，眼睛仿佛在说我们拭目以待。

“幸治，刚才我在走廊上……”

幸治打断了山修尖尖的声音：“你好啰唆！”

山修愣住了，幸治又猛推了一下他的肩膀。

“滚开，笨蛋！”

突如其来，山修被推得倒向后面的课桌。

“去死吧，你……”

少年吐出这句话后，大步离开。富山他们也都跟上来。“看不出幸治原来这么厉害啊。”不知是谁说了这么一句。听了这句话，幸治放下了心。——可是后来却觉得这样的自己真是窝囊。

睁开眼睛，电话分机显示屏上的“主机正在使用”的显示，还没有消失。

好长的通话。

这么长的通话，说不定是爸爸或者妈妈的朋友打来的。……

少年坐起身，抱起就在床边的“幸治”。

后肢又长又粗，屁股冲下很容易抱。不熟悉的家，被不认识的人抱着，“幸治”却很安静。自己吃猫食，自己去尿盆撒尿，甚至让妈妈感叹：“真是好乖啊！”

“不是又聪明性格又好的猫，是当不了毛毯猫的。”店主曾经这么自豪地说。的确，“幸治”大概在马恩岛猫里面也算是非常优秀的了。

喉咙有点干了。等电话结束了就下楼去拿点饮料。

少年在心里暗暗决定。

“‘幸治’，你要不要也喝一点？一点点的话没有关系吧。”

像是要拂去盘踞在心里的不安，少年故意说出声来。

“嗯，喝点吧。”轻轻地抚着“幸治”的头的时候，少年自言自语道。此时，电话分机的显示屏暗了。

电话打完了。

“好，我下去一下，去拿点饮料来。”

把“幸治”放在床上，就在这时，楼下传来妈妈的叫声。

“小幸，你下来一下。”

没有笑意的，低低的声音。

少年稍犹豫了一下没有回答，立刻又震荡起父亲发怒的声音：“快下来！”

少年蜷缩起身体，想从背后抱起“幸治”，以便能把自己和勉强赶上了诺亚方舟起航的幸运猫“重叠”在一起。

——我要是那时不丢下山修的话，自己现在也肯定会被大家排挤，没有其他办法，没有其他办法，没有其他办法……

马恩岛猫“幸治”突然咆哮起来。刚才那么温驯，现在却剧烈地摇动后背，拒绝着少年想要抱起自己的双手。

“在干什么！快下来!”

父亲声嘶力竭地怒吼。

3

自杀未遂——父亲的话飞进耳朵的瞬间，现实的感觉突然消失了。

好像是电视剧，少年想着。

电视里播放的欺负人的孩子、被欺负的孩子。在电视剧或新闻节目里看到这样的孩子时，少年总是奇妙地有些难为情的感觉，会不自觉地嘿嘿地笑起来。

因此，现在也——

“你笑什么?”父亲大吼。“你知不知道现在是个什么状况?”父亲声嘶力竭地吼起来，“山修昨晚洗澡的时候，在浴室里用剃须刀割腕了。没有太深。留了点血就大叫起来，他的父母慌忙赶去浴室……发现了放在替换衣物上面的遗书。”

听到这些——也都像是电视剧。少年想着。

感觉电视剧的世界沁入到现实世界里来了。在不知不觉中，自己手上有了一本剧本，不知不觉中，自己被安排了角色，不知不觉中，“开始”一声令下，戏已经开演。

“上面也有你的名字。”父亲说，“因此你现在不要再想推脱了。”

父亲把少年的逃跑路线也封死了。

母亲像是快要哭出来了：“孩子他爸……”想要制止，父亲不理她，吼道：“你闭嘴!”然后继续一边脱着睡衣，一边恶狠狠地盯着少年。

“真是看错你了！我说过，欺负人的家伙是最差劲的。”

少年默默地低下头。

“你背叛了我。不是吗？你辜负了我对你的信任，不是吗？没错吧？”

少年的喉咙还是很干，别说声音，连呼吸都出不来了。

父亲一把扯下挂在榻榻米房间门框上的衬衫，动作粗鲁地扣起扣子。

“为什么要欺负山修同学？好好看着我的脸，老实说！”

父亲的声音有点喑哑了。

少年不敢抬头。整个身体都僵住了，牙齿也在发抖。

害怕。不是害怕被爸爸揍。而是内心笼罩着被金缚法①束缚住的感觉，这令少年感到恐惧。

全身动弹不了。身体动不了，心也动不了。

父亲是不会接受沉默这样的回答的。父亲也不会理解幸治移开目光的举动里所包含的真实心理。

父亲转向母亲说道：“那件外套不行，把西装给我拿出来。”

这个时间去学校？班主任户山老师以及校长在学校等着吗？如果是电视剧里，责任会推卸给被叫来的父母，现实世界里一定也是同样的情况吧。

少年想象着。

“是谁叫你欺负的？说，谁命令了你，你才加入欺负人的团伙的？我要好好教训那个人，你告诉我是谁。”

“不是那样的。谁也没有命令我。”少年低声地呻吟。堵在胸口的话，仿佛在喉咙口粉碎了，无数的碎片刺痛了喉咙的深处。

① 金缚法，佛教用语，又称不动金缚法、棒缚法。佛教传统中，不动明王具有一种可将人的身体全身缚紧，令人不能动弹的秘法。

“不管怎样，我一定会保护你的。而且被欺负的孩子，一定也有他自身的原因，也许你在维护着什么，但煽风点火的家伙肯定是有的。这种事，你再怎么不说，家长是一看就明白的。”

少年仍然低着头，但脸色缓和了些。

仿佛并不是对着儿子，更像是要告诉自己，父亲最后又说了一句：“放心，爸爸一定保护你。”

少年回到自己的房间，抱起了“幸治”。轻轻地抚摸了“幸治”的屁股。勉强赶上诺亚方舟的幸运的代价——失去了尾巴的屁股，摸上去有着像是长毛绒玩具那样柔软的手感。

“幸治……”

少年叫着自己的名字。

“幸治、幸治、幸治……”

重复地叫着，感觉自己的情绪稳定了下来。

“幸治”——和名字一起，刚刚和父亲在一起的自己仿佛脱离了现在的身体。

“爸爸说的那些是真的吧。他真的会保护你吗？”少年又对着猫自言自语道。

刚才下楼时突然跳开逃跑那事，好像从未发生那样，现在的

“幸治”乖乖“同意”被少年抱在怀里。

“山修，他真是傻瓜啊。真是的，自杀什么，傻啊，那家伙。你是主犯。怎么办？我说，你把他逼到绝路上的，是吧？如果你不和他绝交什么的，那家伙，会被大家……欺负吗？……还是……胡说……那是胡说……”

少年说着，眼眶湿润了。

“你真卑鄙啊。懦弱啊，懦弱得要死。真的，没有骨气。”

放在“幸治”后背上的右手手心，渐渐地收缩成吊车的钩子的形状。

“都是你不好。”

少年学着父亲的语气：“你辜负了爸爸对你的信任。”又加了一句：“你是叛徒。”

五个手指，一点点地嵌入“幸治”的脊背。

“爸爸……是信任你的……可被你欺骗了……”

比看上去更加柔软的“幸治”的毛，纠缠着少年的手指。

皮肤上传来柔软的感触。

“幸治”有点不高兴地叫着，扭动起身体。

“爸爸……不会原谅你的，一辈子都不会……”

少年按住想要逃跑的“幸治”，像老鹰一样地抓住它的后背。

"幸治"长长的后腿蹬着跳了起来。后背的肌肉收紧，少年的手指被轻易地弹开了。

跳开之后，"幸治"一转身，朝着少年扑过来。

爪子抓向少年的脸颊——

抓向去保护脸的右手——

虽然只是一瞬间，"幸治"散发出令人窒息的野兽气息。

用纸巾擦掉了脸上和右手腕的血迹，少年下了楼。

客厅里的电视开着，可妈妈背对着电视，伏在餐桌上。

不知道是没有听到少年的脚步声，还是听到了故意装作没听到，母亲没有改变姿势。少年也不说话，坐在了客厅的沙发上。

正对着沙发的矮柜上，放着一张全家福照片。少年看了一眼，垂下了头。镜框里面，是小学一年级时的少年，被比现在年轻好多的父亲抱在肩上，红着脸笑着。

幸治是爸爸的一切——从那个时候开始，这句话就是父亲的口头禅。

被期待着，也被关心着。

"不错，干得好！到底是爸爸的儿子。"有时被这样表扬；"你这样还能算爸爸的儿子吗？"有时被这样训斥。

如果从婴儿时期开始计数的话，不知道哪个次数会更多。从现在开始到长大成人为止，哪个次数会更多……这个大致能猜到。

母亲依然伏在餐桌上，夹着叹息说道："小幸，猫睡了吗？"

"……还没。"

"现在，几点了？"

"……十一点多。"

父亲的电话依旧没来。

"去睡吧。"母亲说，"山本同学的事，明天再说吧。"

少年默默地点点头，却没有从沙发上站起身。

很想睡着。什么也不想，也不要做梦，从头到脚都沉沉地浸到黑暗中沉睡——想要逃避。

但是，可能躺在床上也睡不着。无论怎样紧闭双眼，心灵的眼睛也会畏惧地凝视着黑暗。

脸上被"幸治"抓破的伤口，这时突然让少年感到刺痛。

右手腕的伤口，不知什么时候又渗出了血。

"我说小幸。"

"……什么？"

"你，为什么会突然提出要租猫的呢？"

"……偶然在网上看到而已。"

“对欺负人的事，是不是你自己也感到很烦恼？”

少年瞟了一眼餐桌，确定妈妈还是伏在桌上，用小得差不多听不见的声音回答道：“嗯。”

“是不是也担心山本同学说不定会自杀？”

“那……倒没有想过……”

“是不是也想要不再欺负他了？”

“不知道。”少年嘴巴微微地动了一下。

“有没有谁叫你欺负山本同学的呢？”

“不是那样的……”说不出来的话，又一次被粉碎，又一次刺痛了少年的喉咙深处。

“去睡吧。”

妈妈又说了一遍，“等爸爸回来了，妈妈会听他说的。”

少年没有回答，突然妈妈的后背颤抖起来。

“求你了……你让妈妈一个人待会儿，好吗？”

声音里带着哭腔。

少年离开了已经没有他的立足之地的客厅。

回到自己的房间，“幸治”正钻在书桌下面玩着堆在那里的杂物。少年坐在床沿，呆呆地看着“幸治”的屁股。

没有尾巴的猫。下肢和上肢不对称，像兔子那样的猫。少年想起了白天父亲对宠物店店主说的话。“人类真是残酷啊。”父亲曾这么鄙视地说，“为了娱悦自己，造出这种没有尾巴的猫来。”自己当时还嘲笑他不知道马恩岛猫是基因突变而产生的品种。

少年用两手抱紧了自己。

马恩岛猫是基因突变，可自己不是——少年想到。

是父亲，造就了自己。为了能让他自己一直高兴地说“到底是我的儿子”。

少年是被父亲造就出来的。

少年希望被父亲表扬。少年不想让父亲失望。少年非常害怕。说实话，父亲切断少年逃跑时的责骂，比癫狂般声嘶力竭的大骂，更让少年感到可怕。

“‘幸治’。”少年叫着猫，感到身体似乎又脱离了自己，看着体形不对称的“幸治”的屁股，少年哈哈大笑起来。

“‘幸治’……你打算怎么办呢。一辈子看到那人都要战战兢兢的，一直一直战战兢兢的，你真是糟糕透了啊。”

少年嘴上浮着冷笑，腋下却火烧般地在冒汗。

“可是，你已经完蛋了。爸爸已经看不起你了。绝对会鄙视你的。一辈子，已经不会原谅你了。悲哀去吧。走着瞧吧，你……”

少年紧紧地抱住自己的胸口。

想要把身体里还残留着的自己拧出去，用力地夹紧双臂。

额头、鼻尖冒出了汗。

“……你还有活下去的价值吗？应该自杀的，不是山修，而是你吧。”

少年脸颊上的伤口又开始刺痛起来，右手腕的伤口也开始刺痛起来。

“幸治”稍微低下身子，从书桌下钻了出来。

“你没有活的价值……真的没有……你这种东西……”

少年喃喃自语着，突然身体震颤，更紧地抱紧双臂。

少年残酷杀猫——电视新闻的世界里时不时会有。在杀人的刀对准人之前，少年杀了猫。这样的故事非常适合电视新闻。在学校是个认真的好少年，在家也是个极其普通的孩子，第一时间赶到现场的记者会这样报道。在电视台转播室的评论家或解说员会表情严肃地评论这个年代一个普通的孩子也会做出这样的事。电视新闻的世界浸透过来，包围过来，覆盖一切，要把一切碾碎似的。

外面，响起了停车的声音。

车门开了，车门关了，车开走了。

院子的门开了，屋子的门开了。

上楼的脚步声近了。

“孩子他爸，今天晚上就算了吧!”楼下妈妈的声音“追赶”过来。

父亲没有出声。

没有敲门声，门就直接被推开的一刹那——“幸治”跳了起来。

掠过气势汹汹地站在门口的父亲，从旁边逃了出去。

父亲一瞬间哆嗦了一下，立刻又重新站好，对跳着下楼的“幸治”看也不看一眼，直盯盯地瞪着少年。

“我全部都听说了。”父亲以冷静的声音说道。

“爸爸我给人下跪了，给山本同学的妈妈……因为她要我下跪赔礼。没有办法，我只有下跪。”

父亲自嘲般地笑了笑，用同样的笑容继续对少年说：“我可不记得什么时候教育你要干这种欺负人的事。”

冷静的声音——冰冷的。

少年抱着胸口的双臂无力地垂了下来。

“幸治”逃跑了。被父亲造就的自己，仿佛不见了。

“呐，幸治，你……”

少年跳了起来——像“幸治”那样。无声地呐喊着，一把揪住父亲，脑子一片空白地拼命挥舞着双手，用右拳击中了父亲的鼻子。一瞬间好像肥皂泡的那层薄膜破裂那样，毫无反抗地，父亲双腿一软就瘫倒在那里。

4

第二天早上——星期天的早晨，到了在门口穿鞋的时候，母亲还在叨叨着：“别的孩子都是爸爸陪着去的吧？我不知道要说什么才好啊。”她还在想着逃避。

“什么都不需要说的，只要一个劲低头道歉就可以了。这个总会的吧？”从鼻子旁边到眼睛下面一片瘀青的父亲不耐烦地说道，声音像感冒鼻子堵塞时那样。看了一眼在母亲旁边已经穿好鞋的少年，表情愤愤地张开了口，“切”地出了一声又闭上了。

少年低着头，等着母亲做出门的准备。睡眠不足的眼睛有点干涩，没吃过早饭，感到肠胃有点不舒服。右拳上则依然留着打中父亲时的感觉。

门口正对着的客厅里，传来咔嚓咔嚓的碰触纸张的声音。“幸治”在玩报纸。

“反正，”父亲说，“我已经没办法了，幸治自己做的事，只有自己负责了。”

少年默默地点点头。

“不可以逃避，也不可以搪塞。明白吗，不要再丢我的脸了。”

说完父亲回客厅去了。“让开！你这臭猫。”声音里满是烦躁。少年没来得及看看被骂的“幸治”有没有让开，母亲便接着说：“我们走吧。”脸上带着寂寞的笑容，轻轻推了推少年的后背。

从家到学校步行大概十五分钟的路程。感觉脚步沉重好像无法正常前行，可是一眨眼就到了标示差不多已过一半路程的邮局。

走过邮筒的时候，一直沉默着的母亲突然说：

“小幸怎么会干那种事的呢？”

那种事——少年不知道母亲指的是什么，是指欺负山修吗？还是指打伤了父亲？不过不管指哪个，回答都是一样的。

“……因为我很害怕。”

话说出口，少年感觉轻松了好多。小学的时候，放学回家从肩上卸下双肩书包，风吹过热汗腾腾的后背，和这种凉爽的感觉十分相似。

母亲顿了一会儿，问道：“自己能道歉吗？”少年沉默了。

“和猫一起玩的时间少了。”

“……嗯。”

“租猫和山本同学的事，有关系吗？”

“……我也不知道。”

“想过要好好宠爱它吗？”

当然想过的啦，怎么特意问这样的问题……少年想着，突然倒吸了一口气。此时，脚被什么绊住了一样，少年停下了脚步。

没有意识到。到现在为止，完全没有。但是还能够抹除。

开玩笑，怎么会有那样的想法，笑着搪塞也不是什么难事，冲着提出这些奇怪问题的母亲发火也不是不可以。

但是，少年的脸色越来越白，嘴唇颤抖了起来。

母亲没有再说什么。顺着少年在那里站了一会儿，然后又迈开脚步。

少年仿佛被看不见的绳子拽着，低着头跟着母亲的脚步。

“猫，你给它取了什么名字？”

“……‘幸治’。”

少年下决心说了出来，可声音太小，母亲没有听到。这次，感觉没像刚才那样好——放下书包，凉风吹过后背——可是，后背突然有种没有了保护、没有了依靠的感觉。

校长室里，长谷川同学、饭岛同学他们也在。总共八个人。大家都有父亲或者母亲陪同着。每个人都是一脸的垂头丧气——比起孩子们，家长们更加垂头丧气。

长谷川的妈妈和少年的妈妈是见过面的，五月份的家长会后，两人还一起去了 Denny's① 聊了好长时间，可今天俩人都板着脸，互相偷偷看看对方的脸色，连眼睛遇上时，也不点头打招呼。

校长和班主任户山老师走了进来，房间里的空气一下子紧张了起来。

“昨天晚上大致已经和各位家长沟通过了。可是，山本家还是要求学生本人道歉，所以……”校长说，“山本同学的爸爸现在在隔壁会议室里。本来呢，他是要求和孩子直接对话，没有家长在旁边的，可是，毕竟那个有点……现在家长可以一起，但要一个一个地……”

山修有没有来，校长没有说。对此在场的家长谁都没有在意，只是拼命地相互看来看去，无声地争论着谁应该第一个进入隔壁的会议室。

“那么，你们……从哪位开始……”

---

① 日本大型连锁餐厅店名。

家长们的视线，渐渐地集中到一个地方——“主犯”少年和他的母亲。

母亲握紧了放在膝盖上的手提包。少年用手指抚摸着脸上昨晚被“幸治”抓破的伤痕，眼睛看着右手腕上的伤痕。右手轻轻地握了一下拳，打中父亲时的感觉还在。将来也许会淡一点，但大概不会消失。

当校长再一次催促的时候，少年站了起来。跟着，别无他法，母亲也站了起来。

“我说，你们……”

有一个胖胖的父亲说话了。虽然少年不认识这个人，但他旁边坐着铃木同学，所以应该是铃木的父亲。

“你们先去是好的，但请好好地说实话哦。可不能为了逃避自己的责任而瞎说。我家的孩子只是跟着起哄而已。”

一时间，房间里的空气变得混浊起来。

母亲，还有其他的家长，脸上都浮现出了类似“你胡说什么”般责难的表情。

但是，没有一个人出声反驳。

如果，在这儿——少年心想。

如果父亲在这儿，会怎样发怒，怎样反驳？

也说不定，如果不是母亲，是父亲陪他来的话，铃木的爸爸还敢说那样的话吗？……

少年看了一眼铃木同学。他低着头，可是连耳朵根也红透了。

这家伙在家里，说不定也是快要被他爸爸“碾碎”了吧……

这么想着，少年感到稍稍轻松了一点。

山修没在会议室里。他父亲一个人手臂抱在胸前坐着。个子不是很高大，可方方的板刷头和晒得黑黢黢的脸，看上去很可怕——记得好像听说过他是名建筑工人。

少年和母亲进入房间，立刻就被对方怒视。

母亲用颤抖的声音打过招呼后，就一个人接着说了起来。说得很快，少年听不清究竟在说些什么，但明白肯定是在道歉。

少年是“主犯”，是坏人。如果是在电视剧的世界，一定选一个眼神里充满恶意的儿童演员来演吧。

可是——少年心灵的深处，在无声地呐喊着。

可是——可是的后面不知道要说什么。可是后面的话，也许是不可以说的话。

可是——可是——可是——可是——

“请别找借口。”山修父亲的怒吼声打断了少年的思绪。他挥挥手，好像要挥去什么讨厌的东西。

少年的母亲肩膀震颤了一下，把要说的话咽了回去。

“家长再怎么道歉，本人不道歉的话，没有意义吧。不是吗？”

可是——心灵深处，还回荡着无声的呐喊。

山修，并不在这里。

他真正需要道歉的人，并没有在这里。

少年抬起头，结结巴巴地问：“山本君，不来吗？”

“怎么可能来！”山本的父亲轻蔑地说，“好不容易才情绪稳定下来。看到你们的脸，不知道又会怎样……这个你应该想象得到吧。”

这个人，在保护着自己的儿子，就像铃木的爸爸想要保护铃木，也和鼻子旁一个大乌青块的人，想要保护自己的儿子一样——少年想到。

少年深深地低下头：“非常对不起！”如果山本的爸爸要自己下跪，少年也打算顺从。如果被山本的爸爸殴打，少年也决心忍受。这些全部都是电视剧世界的事。真正的道歉话语，不是在这里说的。不想说。只是想尽快地离开这个地方。电视剧世界的剧本里，反省或道歉的话，“啪啦啪啦——”需要多少都能说得出来。

“真的很对不起。从心里感到抱歉。自己半开玩笑的行为伤了山本君的内心。这样的事绝对不会再发生了。请您原谅……”

说着说着，少年眼睛有些发热了。

并没有真心诚意地在说，这是电视剧世界的剧本。可是……

突然，眼泪却流了出来。

听到母亲在一旁同样一个劲道歉的声音，少年的眼泪，从眼睑的深处涌了出来。

走出校门，母亲拿出手机给家里打电话。

“现在结束了……”刚刚开始纾解了的疲惫声音，下一个瞬间却突然变成高了八度的疑问声。

“好，知道了，这就回家。”

打电话时一直慌慌张张不知所措的母亲，把手机放回包里后，突然回过神来，“唉——”地叹了口气。

“怎么了？”少年问道。

“猫，说不得了了……你爸爸火冒三丈呢，让今天就送回去。”

“猫干了什么？”

“好像把家里搞得一塌糊涂。”

果然……客厅里一片狼藉。杯子倒翻着，威士忌在地毯上染成一片，蕾丝窗帘的钩子脱落下来，报纸撕开，CD 几乎全都从架子上掉落下来。

其中大部分，并不是“幸治”干的，而是暴躁的父亲自己推翻的。

“这只臭猫，一蹦一跳地到处逃……”

直到少年和母亲回家，一直在房间里到处追赶“幸治”的父亲，一边喘着粗气，一边恶狠狠地说道。

据说原因只是父亲想要去抱抱它而已。

对着没有尾巴的屁股，稍微粗暴地——父亲是说“稍微”，大概实际上是“相当”粗暴地打了一下。于是，“幸治”一下子就不高兴地暴跳起来，用像兔子般粗细的后腿，对着父亲的胸口、腹部一顿踢。父亲发怒想要抓住它，“幸治”逃啊，逃啊，逃……此时则正在餐桌下面摆弄着父亲脱下来的拖鞋玩。

“真是个糟糕透顶的周末。”父亲坐进沙发里，避开母亲也避开少年的脸，斥责道，“都是你，租了这只连尾巴也没有、残缺的猫……从那开始，各种事就变得糟糕透顶了……”

少年的嘴巴稍稍动了一下。

“不是的。”他没有发出声音，几乎连气息也没有。

“嗯？你说什么？”父亲板着脸看过来，“现在道歉也晚了。爸爸真的发怒了。这个乌青块，明天如果不褪掉的话，上班也没法去上。你知道吗？”

“……不是的。”

“什么不是？”

“一直……一直都很糟糕……”

少年喉咙干燥，表现得很害怕。父亲瞬间发怒的脸，仿佛就在眼前。

可是，父亲没有发怒。回过头去，盯着电视机的方向，平静地说道：“去把猫还了。”

虽然合同规定可以借到明天。原来的计划是明天父亲下班回来后，开车带着少年一起去还。但是，父亲厌恶地说道：“这臭猫，再也不想看见它了！”接着又补充说，“你自己乘公共汽车回来。”

事实上，看着父亲眼睛周围的瘀青，少年知道开车对他来说估计已很困难。即使父亲突然情绪变好，但是表示“明天还也行”那样的事，估计也是不会发生的。

“小幸，妈妈和你一起……”母亲安慰道。少年打断了母亲的话：“我一个人能行。”说着跑上了二楼。

把铺着毛毯的笼子提到客厅里，“幸治”仿佛听懂了所有对话般，乖乖地自己钻进了笼子。

关上笼子盖子的时候，父亲小声嘟囔着："糟糕透顶……"

声音听上去很寂寞。

声音并不是一开始就很寂寞，而是传到少年的耳朵里，和心里的某个东西发生化学反应，然后才回荡出寂寞。

"……它，就是我。"少年说道。并不是下了决心故意这么说，而是语言就这么自作主张地从唇齿间冒了出来。

父亲侧着脸，浅浅地笑了。"幸治你没有这么糟糕的。"他无力地继续说道，"这个，爸爸是知道的。"

店主看到比预定时间早了一天且独自一人来还猫的少年，表现得稍稍吃惊，并特意问道："已经够了？"

少年沉默着摇摇头。

打开放在柜台上的笼子的盖子，"幸治"灵巧地伸展着长度不对称的前肢和后肢，蹿了出来。

"怎么了？你好像不如昨天来的时候那样精神啊。"

昨天的那种精神是假的，我一直都在说谎，因为害怕父亲——

少年并没有说出口。

因为一开口，说不定又会像在会议室里那样开始痛哭起来。

“也好，那请在归还栏这里签名吧。”店主把表格和笔放在柜台上。

“幸治”很好奇地在一边看着。少年把胳膊肘支在柜台上，拿起笔。

“给猫取了个什么名字？”

“……和我的名字，一样。”

“‘幸治’？”

“是的……”

店主“哦”地说了一声并点着头，之后就没有再说什么了。

填写了归还的日期，签了姓名。但写到“任何意见或感想，请告诉我们”这一栏的时候，少年的笔停了下来。

此时，“幸治”伸长了脖子，把头凑到少年的右手腕处。

对着昨晚的抓痕，舔了一下。

少年一开始想要抽回右手，但马上就放松下来，无奈地笑了起来。

“幸治”舔了一下伤痕后，好像在说“好了，事情都结束了”，便在柜台上慢慢地，一跳一跳地离开了少年。

少年握好笔，重新面对写感想的那一栏。写下：“非常感谢！”

店主瞅着“非常感谢”这几个字，笑着问：“是不是有种勉强乘上了诺亚方舟的感觉？”

少年一下愣住了。于是，店主又补充了一句：“虽然不知道发生了什么事，很多事情，基本上所有的事，其实都还来得及的。就算尾巴被夹断，能乘上‘方舟’就是胜利。”

少年沉默地点点头。想要还店主一个笑容，可是眼眶却一点点湿润了起来。

作为替身的毛毯猫

1

找了两个月，想要的猫还是没有找到。

“真的是非常抱歉……”

委托的三个宠物店店员的回答都是这同样的开头。

“如果是猫仔还有可能，成年猫就非常困难了。”

事情的确也是这样。

一位店主明确地说：“在宠物店这条渠道上没有可能找得到的。”

“我是有思想准备的，只是能帮忙找就非常感谢了。”

也有的店主在听了情况说明后，以引导的口吻说："你这种想法本身，好像就有点不对吧?"

此外家族其他成员也有所动作。父亲通过公司的内部邮件、母亲在我家附近的银行超市的告示牌上、弟弟在网上拍卖店的"求卖"专栏里……都发了"寻找成年的美国短毛猫"的消息，可是全部都没有下文。

"如果指定品种那还好说，可是……"

第三家宠物店的店主，把照片还给我，又强调了一句："你的要求实在是很难满足。"

"照片上是我家的猫，名字叫伦伦。美国短毛猫里的虎斑猫。大概三个月前死了，十二岁。"

"和这个非常像的猫？这是个问题啊。虎斑猫本来就很少。如果是银色标准斑的话，说不定还有点希望。"

"这个不说我也知道的。"

"美国短毛猫的主流品种是平纹斑——条纹'底'色的毛是银色的标准斑。棕色'底'的虎斑猫，使豪华的斑纹色调对照变得模糊，所以比较少见。"

我不甘心认输："但是，因为是棕色，所以斑纹稍微有点不同也不太容易发现，不是吗?"

店主稍稍有点责难地说道："不是那样的。对爱猫的人来说，一条条的斑纹都寄托着深情。"

我点头同意，把照片放回包里。

对于伦伦的斑纹，我现在也记得清清楚楚。不只是我，我家的全体成员——除了一个人，都记得清清楚楚。

但是，我并不是为了自己在到处找伦伦的替身，爸爸、妈妈、弟弟也都不是为了自己。

四个人的家庭——有时，会多一个临时成员。虽然不知道那个人是不是能叫作"我们家的一员"，但就是为了那个人，我们在找伦伦的替身。

在和店主告别准备离开的时候，"啊，那个……"我突然被店主叫住。

"只是给你作为参考，告诉你一个店名。我自己可不喜欢那种营业方式。"店主语气微妙地加了几个"前言"，然后指给我一条新的路，"也许你也可以考虑租猫?"

据他说有一种叫毛毯猫的，同一生下来猫仔时期就开始用惯的毛毯一起，被出租到这个家庭或那个家庭，有做这种出租猫生意的店家。

"我不能保证他们肯定有你想要的猫，可是，'死马当活马医'，你不妨去问问。"

"出租的期限是多长呢?"

"三天两夜。我记得好像是这样。应该也可以延长的吧。"

"……三天两夜!"我忍不住鹦鹉学舌地重复了一遍。

不错啊。我家需要伦伦替身的时间，也是三天两晚。

我思考着，又回到柜台前，拿出手机。

"不好意思，麻烦你告诉我一下那家店的电话号码。"

有两件幸运的事。

毛毯猫里有美国短毛猫。很巧的是恰好有六岁的成年猫，而且是虎斑猫。

虽说那只猫比伦伦个子稍小一点，斑纹也不是完全一样——至少我一眼看上去的反应是"啊，是另外一只猫"。用手机拍了这个替身猫的照片，发给家里的其他成员，父亲、母亲和弟弟都回信说："虽然可以作为候补，但是……"

没有办法，我只能先暂时预约下，想着回家再详细讨论。

这时，第二个幸运出现了。

预约后的第二天晚上，父亲和伯父通了一个很长的电话后，略带悲哀地对我说道：

“奶奶……眼睛好像不行了。你伯父说从吃饭时候的样子来看，似乎细小的地方基本上看不见。”

其实仔细想想，这根本不是什么幸运的事。

“而且，可以说老年痴呆也严重了。”父亲补充说道。

不是幸运的事——绝对。

可是，对奶奶来说是幸运的事，我勉强地自我安慰。

眼睛不好了，脑子也有点转不过来了。那么斑纹的细微不同，也许能蒙混过去。蒙混不过去会很麻烦的，我的思绪飞转着。

父亲叹息着继续说：“奶奶说很期待再见到伦伦。”

听了这话，母亲立刻眼眶湿润了起来。

对于这种程度的“催泪”一直都无动于衷的理科生弟弟，此时也默默地凝视着客厅墙壁上挂着的伦伦的照片。

照片里伦伦被奶奶抱在怀里。

奶奶那时身体还很好，拖着类似电影《欢乐满人间》里面主人公拉的旅行箱，打着黑色的蝙蝠伞，在自己一个人生活的住处、伯父、姑妈以及我家之间轮流居住，照片里的奶奶开心地笑着。

“已经八十九岁了……也是没有办法的事……”

父亲说着喝了一口接电话前就打开了的啤酒。已经没什么气泡也不冰了的啤酒貌似非常苦，可是喝了一口之后，他脸上的表情融化了比啤酒更多的苦涩。

奶奶来我家住一直都是在夏季结束的时候。在给过世了的爷爷做完盂兰盆节①法事后，带着爷爷的牌位一起来东京。短的时候住一个月，长的时候一直住到暖桌②拿出来用的时候。说得不好听点，奶奶其实就是赖在我家里。我家是一栋有四间卧室的独立住居，虽然有一间房就是为奶奶留的，可是以前奶奶和母亲相处好像相当不融洽。

我还是个孩子的时候——二十世纪七十年代的时候，奶奶留给我的印象，用一个词就能概括，是古怪顽固。“父亲很早就死了，也没再婚，母亲一个人辛苦把我们拉扯大。”父亲总是这么替奶奶辩护，但用妈妈情绪不好时的话来说，就是“吃多少苦就变得有多少古怪”。

就是那样的奶奶，在八十岁时，突然变得很温和、很亲切。正好这时也是家里开始养伦伦的时候。

奶奶非常喜欢伦伦，伦伦也和奶奶很亲热。回乡下自己家里去的时候，比起孙辈的弟弟和我，奶奶更加惋惜和伦伦的分离，

---

① 日本夏季祭祀祖先的传统节日。

② 日本冬季时人们常用的带电热器的矮桌。

甚至有过抱着伦伦流下眼泪的故事。

这几年，奶奶和母亲的关系也变得友好了。以前爸爸因为工作忙没空照料奶奶，总是把和奶奶说话的任务推给我和弟弟，现在则也会买些好吃的日式点心回家，和奶奶两人喝着茶聊以前的事了。

我想这大概是因为父母也渐渐老了，能够理解奶奶内心的寂寞和不安了吧。

今年，马上——下个星期，奶奶又要来我家住了。奶奶已经不能自己一个人坐电车了，父亲要开车去伯父家接她来。上个礼拜在姑妈家住的，这个礼拜在伯父家，夏季最后的两三天来我家住，然后……就要直接去养老院了。

奶奶住在姑妈家里的时候，奶奶自己在乡下的房子被伯父处理掉了。房子是那种两个房间带有小客厅的非常狭窄的县营公房。在所有家具搬出去之后，还是显得非常狭窄。伯父站在空荡荡的房间里，想起母亲在这里养育了他们三个人，当三个孩子都独立离家之后，又在这里独自过了几十年，虽说男儿有泪不轻弹，可还是忍不住流下了眼泪。几天前，在电话里听了这话的父亲也像孩子那样地哭了。

既然这样，那把奶奶接到自己家里一起生活，岂不是更好？

我有时忍不住这么想。想归想，却什么也没有说。

我已经不是会那么天真抑或残酷说出这些话的孩子了。

对于伦伦的死，也是如此。

全家一起商量后，决定不告诉奶奶关于伦伦的死讯。

可以的话，想让奶奶什么也不知道。

所以——

“那么，昨天的那个出租猫……要怎么办？”

我一出声，父亲母亲和弟弟都一起转向我。大家没说话，可看表情就知道，大家一致同意——租。

父亲定了星期五请假一天去接奶奶。

母亲为奶奶新买了一条羽绒被，因为奶奶在我家住，这可能是最后一次了。

平时一直和大学同学玩到很晚才回家的弟弟，也被父亲叮嘱奶奶在家住的期间，每天都要回来一起吃晚饭。

当然，我也不可能跟平常一样。

“裕美，就不叫你请假了……不过星期五早点回家，可以吧？”

父亲如此说道。

“可是这个时期，公司有一部分人现在刚请了夏季休假，人手不够，很忙的。”我抗争着，可父亲不理睬这些，“这种时候，不照顾家庭情况的公司，辞了拉倒。”

母亲也冒出了要求——说是三天两晚之间的某个时候，要邀请一个客人来我家。

“长野君，奶奶还一次都没见过呢，好好介绍给奶奶认识认识。这样奶奶也会觉得很安心的，还有，怎么说呢……毕竟到你结婚的时候，奶奶会怎么样谁也说不准啊……”

真令人无语。

这个，真是……

长野君，是我的男朋友。以结婚为前提交往着。六月份的时候，来见了爸爸妈妈一次。

可是，在今年夏季，有一种好像我们不太有希望成为人生伴侣的感觉。虽然没有明说分手，可已经有半个月没有打电话和发短信了。

“嗯，对啊。”

父亲对母亲的主意赞同地点着头。

“把长野君请来的话，老妈一定会很高兴。去年她还担心着裕美的婚事呢。”

“对吧！”

母亲一脸得意地附和着父亲，然后转向我。

“你也快三十了，这么做是对奶奶最大的孝敬。”

这个不说我也知道。

可是，就因为快三十岁了，结婚更加不是一件可以随便的事了——绝对地，完全地，不管谁怎么说，都不想随便。

“你叫长野君安排时间吧。”

母亲自说自话地决定了。

“啊，老妈进养老院，伦伦死了，裕美要结婚了……时间过得真是快啊……”

父亲一个人在那里悲叹起来。

“可是，姐姐，你最近有和长野君约会吗？”

弟弟在一边，天真地、残酷地、唐突地、没心没肺地刺了一刀过来般地问道。

我下意识地回答：“约会啊，当然约会啊。”

下个星期五。

我下午请了假，离开公司后去宠物店租了伦伦的替身，带它回家。

从笼子里出来的“伦伦”，慢慢地伸直了后背，满怀兴趣地环视着客厅。

“唔……”

妈妈歪起了脑袋：“真的来家里，和照片里看到的印象不一样啊。”说着，看向挂在墙上伦伦的照片。

我也是这个感觉。在店里看到的时候，感觉“大概有七成像”，可在我家客厅里，关于伦伦的回忆都苏醒过来了，相似的程度降低到五成。

“可是，妈妈，现在已经来不及了。”

“那也是啊……”

“只能这样将错就错了。”

“奶奶是一个感觉敏锐的人，不知道会不会发现……”

“这种话，你现在才说！奶奶马上就要到了。”

话音还没落下，门铃就响起来了。

2

奶奶比我想象的还要衰老。上次见面是在元旦，隔了八个月，可看上去好像一下子老了好几岁。

身体蜷缩着，脸上布满了皱纹，头发稀薄了，腿也更细了……比起这些，眼睛的视力完全不行了。

好像什么也看不见的样子。

因此——替身猫伦伦，至少不会因为斑纹不同而被识破。

奶奶靠着沙发在地上坐下来，“伦伦”“喵——”地叫着凑了上去，奶奶高兴地把它抱上膝盖。“伦伦”的表演完美无瑕——不过本人大概并没有觉得自己在演戏——虽然这个本人的说法也很奇怪。

总之，不管怎样，替身伦伦和奶奶的见面是非常顺利的。真的是像宠物店店主说的那样：“怕见陌生人的猫是当不了毛毯猫的。”

“今天晚饭是奶奶喜欢的煮香鱼。”母亲说道。

甘露煮香鱼是奶奶很喜欢的一道菜。为了牙腭衰弱的奶奶，母亲比平时煮了更长的时间，鱼差不多都要煮烂了。其实，看着妈妈凑到她耳朵旁边还要说几遍才能理解说什么的奶奶，我觉得，晚饭是什么菜都无所谓了。

奶奶刚到时热闹了一阵的客厅，渐渐静了下来。奶奶原本就不是话多的人。为了让奶奶能听懂，尽量用简单的语句，大声地，慢慢地说，意外地却相当令说话人感到疲惫。

妈妈以准备晚饭为借口，躲进了厨房；爸爸以“我去把行李放好”为借口进了客厅旁边的榻榻米房间，然后故意大声自言自语喊着“我得看看电视机好不好”，打开了电视，就不出来了。客厅里只留下了我。这样一来，我就没有办法再离开客厅了，弟弟估计一时半会儿是不会回来的……

“奶奶!”

我叫了一声。不是有什么要说的话，其实是没有的，只是想打破沉重的寂静。

奶奶仍然把“伦伦”抱在膝盖上：“什么?”说着，把脸转向我。

“那个……嗯，怎么说呢……隔了好久，不是吗?”

废话!

奶奶没说话，脸色好像稍微柔和了一些。

“伦伦很可爱吧。”

我这是在说什么!

奶奶笑呵呵地抚摸着“伦伦”的脊背。

“伦伦和去年一样吧?”

不要自己给自己挖坟墓！我想着该如何回答。

奶奶没有反应。也不是什么特别需要应和的话，说不定根本就没有听见。

我稍微放下一点心来，紧张缓解之后，相反地突然感觉非常不安："我去厨房帮妈妈准备晚饭。"像孩子那样说着，我向厨房走了过去。

就像逃跑一样。

厨房里妈妈在做拌菠菜："你怎么来了？"看见我，母亲责备地说："晚饭妈妈会准备的，你去陪着奶奶。"

这不公平！

我噘起嘴，打开了冰箱的门，拿出大麦茶倒进玻璃杯。——喝大麦茶的季节也快要结束了，奶奶明年还会喝大麦茶吗？

妈妈一边拧着开水烫好的菠菜，一边叹息着说："在伯父家，听说很糟糕。"

"……怎么个糟糕法？"

"比如，排泄的事，那一类的。"

"排泄，小便？"

妈妈沉默着点点头，把拧掉水分的菠菜放在砧板上。

"'大的'也是吗？"

代替回答的是切菠菜的声音，比平时听上去更响了。

我喝了一口大麦茶，又问道："其他呢？"

"时不时，好像会糊涂。自己怎么会在这里的，这里的其他人都是谁……姑妈收留的那几天，有天夜里突然爬起来不停地走来走去。”

收留——这个说法，我有点不喜欢，但是无法对此表示谴责。我也知道自己不负责任，光说说漂亮话是不行的。

“奶奶自己同意去养老院了吗？”

“……不知道。”

伯父跟奶奶说了道理，她理解了。一个人生活很危险，可是三个孩子家都没有办法与她同住。她很明白。看养老院的宣传册子，去养老院实地参观时，奶奶还很乐观地表示：“以后得努力交朋友啊。”

可是，正当伯父感到放心了的时候，突然奶奶像是变了一个人似的，对着伯父破口大骂，甚至说什么绝对不会进养老院的，与其被遗弃，不如死在家里，一辈子诅咒你们。

“据说这是老年痴呆症常见的症状……可是，被这么骂，伯母也感到很难受。后来，伯母回娘家去了，离婚什么的都说出来了，很够呛。”

“到底哪个是奶奶的真心呢？”

对于我的问题，妈妈“唔……”地苦笑着支吾了过去。

老年痴呆——这个单词，早就从电视或书上知道了的，公司的上司和老年痴呆的父母同居着，常年牢骚不断。可是，我面对面看着奶奶，感觉完全无法理解，究竟接受去养老院的奶奶是“正常”的，还是坚持绝对不进养老院的奶奶才是“正常”的呢？……再仔细想，把自己的父母送进养老院去的孩子，算不算“正常”呢？……

“对了，裕美。”

母亲一边从碗柜里拿出小碟子，一边说着：“长野君，他什么时候来？”然后又自说自话地决定般说道，“明天晚上可以的吧？”

“等等，还没……”

“还没问过他吗？”

“……嗯。”

“你都在干吗啊？和奶奶见面，只有明天晚上了呢。”

“可是，他也很忙的啊。”

“我也知道他忙，你努力劝说一下。奶奶真的很期待你结婚的哦。最后让奶奶高兴高兴。”

口气像是在哄小孩子。

我一口气喝干了剩下的大麦茶。

我还没有和长野君联系，没打电话也没发短信给他。打算对妈妈说：“不好意思，这周末他正好要出差。”以此来蒙混过关。

可是，听了奶奶的那些事，心底感到疼痛，觉得撒谎实在是太卑鄙了。

那，我打个电话试试——正要这么说，客厅里传来“伦伦”的叫声。

“唔喵，唔喵，唔喵。”连着三声。

怎么了呢？我和妈妈对看了一眼。不好的预感。是情绪不是很好的那种叫声。

比我快一步，父亲从榻榻米房间进了客厅问道：“怎么了？”父亲又接着说：“老妈，怎么样？”……然后就没有声音了。

他默默地来到厨房，表情僵硬。看了我们一眼，然后马上尴尬地移开了目光，更加尴尬地说：“不好意思，抹布有吗？”

“怎么了？”

“老妈，稍微，嗯……”

“哈哈，”爸爸干笑了两声，非常快地说道，“小便尿在身上了。”

吃晚饭前，我回到了自己的房间，给长野的手机发了条短信。

“有时间的时候，请打个电话过来。”

心里想着，他也许根本不会理睬这个短信，做好了思想准备。

可不到五分钟，电话就打来了。

很久没有听到他的声音了，听上去好像有那么点情绪不佳。

我说了奶奶来家里住三天两晚的事，也说了这有可能是最后一次了。

但是，关键的事，却说不出口。

“情况我知道了。……你给我发短信，就是要告诉我这些？”

“嗯……是这样，你一定不要太在意，只是我爸爸妈妈在那儿自说自话……”

我自己先给自己留好退路地说道。

“我自己并没有想要那样。”便再加了一句。

“嗯，可到底是什么事呢？”长野的声音里微妙地有些不耐烦。

“明天晚上，你能来我家吃晚饭吗？……我爸爸妈妈这么说。”

听到这儿，长野沉默了。

“那个，怎么说呢，想要把你介绍给奶奶认识一下。怎么说也是最后一次了，算是孝敬奶奶吧。”

长野没有回答。

他是不是生气了？为什么我必须去啊，也许他内心其实想这样说。我们已经没有什么关系了，也许他想这样说。

长野依然沉默着。

我实在受不了这个沉默的重量，说了句："对不起，那我随便找个理由拒绝吧。"便挂断了电话。

我们虽然没有明确地说过分手，但这个电话，让我感到我和他的关系真的结束了。

楼下传来电视的声音。因为奶奶耳朵有点背了，父亲把电视的音量开得十分响。可是音量开得再大，对眼睛也看不清的奶奶来说，有什么用呢？也许只是想用电视声音来掩盖尴尬的气氛也说不定。又或者这是父亲竭尽全力的孝顺。奶奶小便失禁后的衣裤，母亲说："你放着，我等下去洗。"可父亲还是自己洗了。对着擦着客厅地板的妈妈，简直有点接近啰唆地说了无数遍"不好意思"。

父亲很关心奶奶。在奶奶还健康的时候，有时母亲会开玩笑说："你有点妈妈控哦。"想让吃了很多苦的奶奶安享晚年。父亲心里绝对是那么想的，伯父还有姑妈一定也是。

弟弟从大学回来了。客厅又有点热闹了。马上就要吃晚饭了。

可是，我感觉有点无法面对奶奶。

手机响起来，不是短信的声音，是电话。液晶屏幕上显示着"长野"。

"不好意思，刚才信号很差，断了。"

搞错了？还是，故意？

“刚才那事……先问一下，我们的事，还没有告诉你父母吗？”

这次轮到我沉默了。什么也不回答，就是回答。

长野喃喃道：“这样啊……”然后又笑道，“可是，我们怎么了呢？真的，我们怎么会变成现在这样的呢？”

我不知道。因为什么，如果有明确的理由感觉会更好一些，可是没有。

如果一定要用语言来表达，也只能说“自然而然”地变成这样了吧。我和长野成为夫妇或者说成为“家属”这件事，好像变得非常地遥不可及。长野肯定也是同样的感觉。这是提早到来的“婚姻之痒”吗？可是，连婚姻这个阶段都还没有到达啊，也许可以叫作“家庭之痒”？

“你，还是没有再重来一次的想法吗？”长野问道。兜着圈子说的话，传达了长野的本意。

我心里一边骂着自己，一边说着自己并不想说的话。

“……如果结婚的话，我想我大概是会和你结的。可是，怎么说呢，结婚成为家属，我无法想象那样的事。”

出乎意料，长野诚实地回答说：“嗯，这个感觉我明白。”

“……还有，对于亲情，我也开始弄不明白了，看着奶奶现在的样子。”

如果进一步说的话，不明白长寿是不是一种幸福了。

话接不下去了。楼下电视的声音很吵。

“我，明天晚上，去你家。”长野突然这么说道。

“可是……那有点，不好……”

“没关系。我们以结婚为前提恋爱，就这么跟奶奶说，不就可以了吗？也没有骗她。结婚是前提，就是现在这个前提不知道跑哪儿去了，我们找不到了而已。”

“……可还是骗人啊。”

“奶奶不是很期待你结婚吗？那么，我觉得骗一下也不是什么坏事。”

“反正明天我会去你家的。”长野说完就挂了电话。

替身伦伦，替身恋人。

嘴上说着孝顺奶奶，其实我们都在背叛着她。

……我想着这些，咬紧了牙关。

3

今天晚饭，不是在餐厅里，而是在客厅里吃。沙发的配套玻璃小桌，拼上从二楼壁橱里翻出来的暖桌，大家坐在地毯上。奶奶来我们家里的时候，总是这样吃饭。

热闹的晚餐。爸爸妈妈说了好多话。即使不开电视，好像也有一直说不完的话。

但是，两人的声音都不同寻常地高亢，笑得也有些夸张，特别是父亲。没有办法，奶奶耳朵不好——如果我挑明爸爸肯定会这么说，虽说是奶奶耳朵不好了，可是……如果我真的这么做，母亲又会怎样地维持住这个局面呢？

一开始我也和大家一起聊着，后来实在是跟不上父母的论调，便站到了倾听的一方。冷静地听着，就发现其实他们两人的话说得并非十分合拍。父亲不停地回忆着自己小时候的各种趣事，母亲自顾自地说着做菜的心得体会。奶奶有时回答几句，会有几个来回的对话，但大部分话题，都是父亲或者母亲说一通，然后就那么结束了。打个比方，就好比去游戏房里玩射击游戏，没有打中目标的子弹被吸入画面深处，消失得无影无踪，就是这种感觉。

“丁零——”响起一阵铃声，那是弟弟手机的邮件铃声。

这是常有的事，可是正在兴头上的父亲，似乎被铃声打断了话头，显得很不高兴，责备弟弟说：“怎么回事，吃饭的时候应该先把手机电源关掉。”母亲也一脸不高兴的样子：“就是，难得大家在一起吃饭。”

哦，原来是这么回事。我恍然大悟。此时，后背猛然感到一阵凉意。现在是一家团圆的夜晚，两人要演出欢迎远道而来的奶奶，全家其乐融融的一幕。

是想给即将要被送进养老院的奶奶留下最后的美好回忆吗？

或者，用一个比较难听的说法，是对奶奶进行力所能及的赎罪吗？

不管是哪一个理由，都很狡猾。

奶奶笑呵呵地吃着饭。

可是，坐垫上包了透明的塑料布。据说是伯父说拿着这个的，然后爸爸就拿了回来。因为奶奶眼睛不好使了，吃饭时会吃得一塌糊涂。而且，运动裤的里面，穿着纸尿裤，这也是伯父说“拿着”的东西之一。一到晚上，奶奶失禁的次数会增多。

我心里暗暗地想，真不希望自己也因长寿而如此啊。

的确，我从心底里这么想着。

一直觉得死很可怕，想到什么时候自己会死掉就会想哭，那是几岁时候的事呢？希望无论什么疾病都能有医治的良药，希望大家都永远不会死，以前也曾经有过这样的梦想。

先吃完了饭的“伦伦”，“喵——”地轻轻叫了一声，绕到了我的背后。

“伦伦，饭好吃吗？”

“喵——”如果是真伦伦的话，即使离得很远，也能从轻微的叫声里分辨出它的情绪是好是坏，可是替身伦伦的叫声，一点也听不出是什么意思。

而且，从根本上说，“饭食”本身就不一样。真正的伦伦喜欢小鱼干蒸了之后，放在饭上吃。可替身伦伦，以在出租人家里的食物变化会引起身体不适为理由，被规定只能吃干的猫粮。

即使这样，挠着替身伦伦的下颚，那个柔软的感觉和真正的伦伦非常的相似，令人怀念。这种时候伦伦总是扬起下颚，好像在说“再挠挠，再挠挠”。……我正想着，替身伦伦抬起头。我有点高兴，也有点悲伤。

伦伦在十二岁时死了，也算是长寿了。由肺水肿引发急性肾功能衰竭，尿毒症是直接的死因。死前大概半年，突然衰老，身体变得很瘦弱，动作迟缓，眼屎口水都流个不停，也会尿失禁……现在回想起来，说不定它也有点变得老年痴呆了。

猫也有老年痴呆。书上解释：“那只是人类擅自给予的解释。”但上司原田部长，曾给四只猫送过终，他认为那是真的，猫也会痴呆。据说，痴呆严重的话，连自己吃没吃过饭都记不得，会一次接一次地去猫食盆那里。

伦伦还没有到那种程度就死了。最终，它吃了半勺切得很细的三文鱼，表现出很开心的样子，闭上了眼。

我觉得，那是一种幸福。

弟弟用眼睛向我示意着什么。

表情很紧张。

父亲还在继续高谈阔论，随口应和着的母亲的样子，也稍微有些不同了。

怎么了？我用眼神问过去，弟弟不出声地慢慢动起了嘴。

“是奶——奶。”

“奶奶怎么了？”

“不——好。”

“什么不好？”

“饭——”

这么说着，我才第一次注意到。

奶奶一个人把一大盆的刺身，差不多连装饰的海藻都快吃完了。筷子完全不停下，有好几次吃时也不蘸酱油，就直接放进嘴里。

“奶奶，还有色拉。”

母亲想要转移奶奶的注意力，这次奶奶又从装色拉的大盆里直接夹着吃，也不用色拉酱。

父亲终于停下了话茬。

“……妈，色拉，吃这些可以了吧？”想要用柔和的轻声，结果声音却走了调。

奶奶也不回答，把装色拉的大盆拉到自己的面前，默默地，大口地往嘴里塞着生菜。

“妈，你停下。”

爸爸的声音越发尖锐起来。

奶奶好像是存心反抗似的……不对，大概存心反抗这样的意识都没有，只是不停地吃着生菜。

“说了让你停下！”

父亲伸手去拿装色拉的大盆，奶奶两手抱紧色拉大盆，喊道：“你别抢我的东西！”

奶奶瞪着眼睛，嘴角颤抖着。无论眼神还是表情，都好像是面对凶恶的人，充满了敌意，“保卫”着色拉。

母亲半站起来想要阻止父亲，这时瘫坐下来哭出了声。

父亲拿妈妈出气，骂道："烦人！你哭什么？"

就在这时，弟弟的手机又响起了邮件铃声。这次妈妈带着哭腔地斥责道："不是说了让你关掉手机电源！"

糟糕透了。努力营造的一家团圆的氛围，片刻间支离破碎。

奶奶喘了一口气之后，突然像是恶魔离身了般，放下了装色拉的大盆。连着眨了几下眼睛，还用手指去揉，屡屡地歪脑袋，这次大概是眼睛看不清了。

就在这时。

本来在我旁边的"伦伦"，从桌子底下钻到了奶奶的旁边。

"喵——喵——"地轻声叫着。

一瞬间，我以为是真正的伦伦回来了。伦伦，想要人和它一起玩的时候，总是发出那样的叫声。

奶奶高兴地笑起来，说道："快来这边。"她两手抱起了"伦伦"。虽然替身伦伦在体形、体重、条纹上都和真正的伦伦有一点不同，但是奶奶好像没有发现，和以前一样把"伦伦"放在膝盖上，爱怜地抚摸起它的后背。

我稍微松了口气，可只是一瞬间，突然后背冒起冷汗。

和以前一样。奶奶在吃晚饭的时候，必定要给伦伦做一件事。

和以前一样。如果那样做，会非常尴尬。

我慌慌张张地叫道："伦伦，奶奶说你太重了，来我这里吧。"

不明所以的父亲不高兴地瞪着我说道："没事，奶奶觉得那样挺好的。"

我觉得真是糟糕透了，真的是。

奶奶抚摸了一通"伦伦"的后背之后，突然想起来什么似的，眼睛看向了装刺身的盆子。

她想起来了以前的事——真正的伦伦，非常、非常、非常喜欢吃金枪鱼。

奶奶用手指抓了一块金枪鱼的中腩，在嘴里咬掉半块。

"伦伦，来，吃鱼……"

把剩下的半块金枪鱼放在手心里，送到了"伦伦"的面前。

吃吧。

我祈祷着。

拜托了，把它吃掉吧。

我全心全意地祷告道。

"伦伦"嗅了嗅金枪鱼的味道，稍稍歪着头审视了金枪鱼。

拜托，为了奶奶把它吃了吧。如果不吃，会被发现是替身的。这虽然也是我担心的事，但是更多的是，奶奶喜爱伦伦的心情，希望替身伦伦能够代为接受。

但是，“伦伦”已经对金枪鱼失去了兴趣，目光转向了别处。

然后，它的眼光和我对上了。

拜托。

“伦伦”的视线有一段时间一直没有移开。

我也直直地盯着“伦伦”。用眼神全力以赴地传递着我的愿望。店主说过：“毛毯猫都是些脑子聪明到让你觉得害怕的猫。”现在除了抓住这根救命稻草以外没有其他办法了。

“伦伦”轻轻地叫了一声便稍稍伸长脖子，再次转向了金枪鱼，伸了伸头，重新嗅起了金枪鱼。然后，它伸出舌头，碰到了金枪鱼。

之后的事情，非常快速。一眨眼，金枪鱼已经在“伦伦”的嘴里了。几乎也没怎么被咀嚼，就被送下了喉咙。

“好吃吗？很好吃吧？”奶奶高兴地问道，像孩童般露出没有杂质的温柔的笑容。

那天晚上，父亲和奶奶一起在榻榻米房间睡了。

为了奶奶尿湿时可以立刻给她换纸尿裤。为了奶奶做噩梦呻吟的时候可以握紧她的手。而且，万一奶奶半夜起来徘徊的话，可以阻止意外发生。

半夜里，厨房里发出声响。

我在自己的房间看着书还没睡，听到声音便轻轻地走下去。如果是奶奶在冰箱里找东西吃，用手抓着大把大把往嘴里塞的话，我要怎么办才好呢……

在厨房里的是父亲。他调着威士忌加冰块。

看到我，父亲浮起寂寞的笑容说："不好意思啊，给你也添了很多麻烦啊。"

"不过，到明天晚上就结束了。如果你们觉得实在受不了的话，你们明天晚上可以去酒店住一晚。"

我默默地摇了摇头。

睡觉前，奶奶产生了错觉，大声地边哭边叫："这是哪里啊，快送我回家啊，求求你们了。"好不容易安抚着平静下来，也许是突然放松了的关系，又小便失禁了。父亲给她换了纸尿裤。母亲说："我来吧。"可父亲坚持着说道："没事，我来。"便笨手笨脚地给奶奶换了尿布。那时的父亲，后背看起来比平时小了一圈。

"我说，爸爸……"

"嗯？"

"让奶奶和我们一起住，还是太困难了吧。"

父亲苦笑着点点头："你妈妈要累倒的。"又接着说，"太困难了，实在是。”这句话仿佛是他说给他自己听的。

“那样真的好吗？”

“……什么？”

“爸爸你觉得那样好吗？”

爸爸没有回答，喝了一口威士忌。

“明天长野君会来的吧。真不好意思啊，让他特意跑一趟。”

“你别岔开话题。”

“说起来，那个替身猫，还真是很聪明啊。跟奶奶也很亲热，本来是不允许吃猫食以外的东西的吧，难为它把金枪鱼吃了。”

“好好听别人说话，爸爸！”

“我听着呢。”

“没听！你说啊，真的，你觉得奶奶那样好吗？送进养老院，爸爸你觉得怎么样啊？”

“呐，裕美，长野君是次子吧？照看老人可是很够呛的事哦。这事，如果一开始不协商好，将来长子把事情推给次子的话，你就要吃苦头了。”

父亲淡淡地说道。眼睛看着远方。

“真的……非常地辛苦的……”他喃喃地说着，眼中滚出了泪水。

4

第二天一大早，在我们起床前，父亲就带着奶奶开车兜风去了。虽然违反了“全家一起去”的约定，但父亲的心情，我觉得我是能够理解的。

“爸爸一个人，搞得定吗？”

吃早饭时我问道，母亲则回答说：“也许会很麻烦，可还是这样好。对爸爸和奶奶来说都是如此。路上聊聊以前的事，奶奶一定会很高兴的。你爸爸这么说的。”

“不会是打算母子殉情自杀吧？”

弟弟开了一个低级玩笑。妈妈的表情一瞬间僵硬了，我无语地卷起晨报朝弟弟头上敲过去。

“爸爸说了傍晚回来的。”

妈妈与其说是在告诉我们，不如说是在自我确认。然后转向我问道：“长野君说什么时候来？”

“……嗯，暂时定了五点。”

“今晚吃寿司，好吗？”

弟弟在一旁插嘴说：“我觉得烤肉更好。”妈妈责备道：“奶奶咬不动烤肉的。”我见缝插针地说了一句：“什么都行。”

长野一定会应对得很好。长野一定会让在我家过最后一个夜晚的奶奶非常地开心。他是一个很善良的人。一定不会让爸爸妈妈，以及我感到难过的。

可是——可是的后面是什么我自己也不知道。“可是”这个感觉占据了我的脑海。

可是——可是——可是——

妈妈突然扑哧地笑起来。“看。”她指着客厅的沙发。

“伦伦”正钻在跟报纸一起送来的大叠广告单下面，真正的伦伦也非常喜欢在广告单铺叠成的“隧道”里玩。

“只是一个替身，居然也知道这样玩。”弟弟感叹道，妈妈也赞同地说道：“刚来的时候，觉得终究是不同的猫，可很快就觉得和以前的伦伦越来越像了。”

弟弟和妈妈热心地继续着这个话题。

“条纹也在不知不觉间好像和伦伦一样了。”

“哎哟，这么说就有点吓人了。”

“是不是伦伦的灵魂附到它身上了。”

“看你都说些什么呀！”……

我恍惚地看着身体躲藏在广告单下面，只露出个尾巴给我们看的“伦伦”。

还好借了毛毯猫来。还剩一天，照这个样子，真相是不会被揭穿了。“伦伦”一定会继续让奶奶很开心的。

可是——可是——可是——

我脑海里的“可是”，依然没有消失。

“今天叫一个‘高级’的寿司外卖！”妈妈笑着说。

父亲和奶奶刚过中午就回来了。“去看了大海。”父亲说道。奶奶要进的养老院是在山上的温泉地区。进了养老院之后，大概就没有机会再看大海了。

奶奶刚进家门时，好像没明白我们是谁，非常有礼貌地打了招呼：“要给你们添麻烦了，请多多关照。”可是，进到客厅看到“伦伦”，突然回过神来，变回了原来的奶奶。

“在长野君面前如果红脸的话，虽然有点不像样，可是……”

父亲一边自嘲着一边从冰箱里拿出一听啤酒。在厨房里站着咕嘟咕嘟地喝了几大口，这才终于回到人世间般，笑着说：“啊！累死了。”

“怎么样？”母亲小声地问道，“奶奶没什么吧？”

“嗯，在车上的时候基本上一直在睡觉。”

“看到大海，奶奶高兴吧？”

“嗯，哭了。”

“……哦。”

“很早以前，老妈带我哥、我姐和我三个人去过一次海滨公园。只去过那一次。好不容易请到假，做了好多很大的饭团……那个饭团，真的很好吃……”

父亲一口气把剩下的啤酒喝光后，说：“跟老妈说起这件事，老妈就哭起来了。”

是想起以前的事才哭的，还是想到要和心爱的孩子们离别，要进养老院了感到悲伤才哭的，从父亲的话里听不出来。感觉父亲大概根本不想知道奶奶究竟为什么哭。

奶奶在客厅的沙发上坐着，弯着背，瘦瘦小小的。怀里抱着“伦伦”。小声地，温柔地，唱着儿歌。“伦伦”闭着眼睛，一动不动地倾听着奶奶的歌声。

“到了车站给你打电话。”长野的这个电话是大概四点多打来的，离晚饭还有一个多小时的时候，“你来车站的咖啡店一起喝一杯吧？”我也觉得这样比较好。

我急急忙忙地出了门，进了约好见面的咖啡店。进去就看见坐在窗户边上的长野冲我招着手，笑容满面。我下意识地移开了视线。

“真是对不起……”我说道。但是，对反复说着“对不起”的我，长野笑着说：“没有需要道歉的事啊。”

“可是……”

“你觉得我们这是百分之百的在撒谎吗？”

我无言以对，打算勉强点下头，但又觉得不好；想要勉强地摇头，依然在半途停了下来。

“我觉得，我有百分之五十是在表演，剩下的百分之五十是真心的。”

“……嗯。”

“和我结婚的意思，你还有那么一点点吧？”

不是，零。

可也没有，百分之五十。

对着沉默不语的我，长野依然笑着说：

“我说一个假定的情况，可以吗？”

“啊？”

“假如我们结了婚，一直做夫妻，有了孩子，有了孙子……然后，我老年痴呆了。你怎么办？”

“‘怎么办’，这个……”

“你把我送进养老院就行。完全没有问题，确切地说那样更好。我不想给人添麻烦，给妻子和孩子添麻烦。自己喜欢的人，因为我而悲伤，我不想看见这样的事。”

他真是个好人，心地善良的人。他现在说的话应该并不只是嘴上说说而已的。我心里想。

可是——可是——可是——

脑海里漂浮着的“可是”，像水球那样漂浮不定，仿佛会撞到看不见的泳池壁，之后破裂。而这每一次的破裂，都让我内心感到不安，让我的眼睛垂得更低。

“我觉得，”我抬起脸，“你的这个说法，是不是有点自私啊？”

长野吃了一惊，反问道：“为什么？”

“怎么说呢……你现在说的，完全没有考虑到妻子和孩子的心情啊。”

“考虑了呀，考虑了才说不想让你们照顾痴呆老人啊。”

“……为什么由你做决定呢？”

“我决定什么了？”长野的声音尖锐起来。

“我是说，你凭什么决定不要别人照顾呢？照看痴呆老人这种事，我知道肯定会很累人，但是把父母送进养老院，也有人会觉得更加伤心，宁可自己去照看的吧？”

眼前浮现出昨天夜里父亲的脸，他给奶奶换纸尿裤时变小的背影也浮现出来。

“……长野君，如果你的爸爸或者妈妈要进养老院，你觉得无所谓吗？能笑着挥手告别吗？”

“那当然不会无所谓了……可是，那是没有办法的事啊。你家现在不就是这样吗？最终奶奶不是要进养老院吗？那是没有办法的事。那样裕美家也会幸福，对奶奶来说，也绝对……”

“你不要说什么‘绝对’！”

听到我大声责怪的话语，周围的顾客吃惊地看过来。

长野有点生气，喝了口咖啡。“抓我话中的漏洞，真是无聊。”他小声地嘟囔着，从声音里听得出来，他的心情完全被破坏了。

的确，是有点找碴的感觉。我自己也这么认为。从现实的角度来看，长野说得没错。这个我也承认。

可是——可是——可是——

我希望他更加困惑一些，更加烦恼，更加犹豫，更加叹息：“究竟怎样才更幸福呢……”

虽然会被反问这有什么意义，我也只能沉默而无言以对。

“算了，”长野重新打起精神，脸上浮现出和刚才一样的笑容，

“走，去你家吧。”

“……唔。”

“不用担心，我一定会做得很漂亮的。裕美也加油吧，得让奶奶安心啊。”

长野的笑容，变得更加深邃了。

回到家里，客厅的桌子上放着盛满寿司的大盆。旁边摆着母亲做的各种菜肴，奶奶在我家吃的最后的晚餐，马上就要开始了。

“哎，长野君呢？”

母亲奇怪地问道，我不理睬她，直接走向坐在沙发上的奶奶。父亲在准备酒，也问道：“你怎么一个人？”我也没有回答他。

长野在咖啡店结账的时候，我抓住机会自己一个人逃回来了。这很卑怯，是十分差劲的事，我自己也知道。可是——可是——可是——

“奶奶。”

听到我的叫声，奶奶缓缓地抬起脸，笑着。笑容灿烂地冲我打招呼：“你好！”

“奶奶，你听我说……对不起，本来今天说好了带男朋友来的。可是，对不起，我觉得我真的还是不能和他结婚。所以，还是不让他来了……"

父亲、母亲和弟弟都瞠目结舌地看着我。

奶奶依然是笑容满面。

不明白我到底是谁——的笑容。

我回过头对着父亲他们，"就是这样，不好意思。"竭尽全力地轻描淡写。

可在这个时候。

"是要吵架的，年轻人。"

奶奶像是在唱歌般地说："不吵架不行的，要成为夫妻的话，真的必须吵架。"轻轻柔柔，飘进空气里的声音。

想要回答什么，可是开口之前，我的眼泪滚落下来。

钻在桌子底下的"伦伦"，"嗖"地跳上沙发，喉咙里发着轻柔的叫声，依偎到奶奶的膝盖上。"哎哟，伦伦，来这边。"奶奶也招呼着。如同切换了电视频道那样，奶奶回到了现实的世界里。刚才长野君的事，说不定已被奶奶给忘了。

那样也好。我大概也不是为了奶奶，而是为了自己，想要说个明白。

"奶奶和伦伦在一起就情绪很好呢。"我说道。

奶奶抚摸着"伦伦"的后背，点着头，仿佛在说"那是当然喽”。

“它可是很乖的猫啊，真的是个好孩子。”

好像听懂了奶奶的话，“伦伦”叫了一声。

“你好乖，好懂事……谢谢你了哦……”

一瞬间，我倒吸了口冷气。

爸爸的眼神也游移不定。

不会是——

奶奶双手抱起“伦伦”，抱在胸口。

“真的，谢谢啦……”

奶奶对着“伦伦”说了一遍，然后转向我又同样地说了一遍谢谢。

一瞬间，我感到笑容，声音，奶奶的身体，似乎都透明得几乎消失。

父亲发出了一声呜咽。不用回头看，也知道他一定已热泪盈眶了。

“都很乖，大家，都很乖，都是好孩子……”

奶奶的目光又对着“伦伦”了。

我们大家真的都是好孩子吗？

也许是好孩子。可是，谁也没有力量阻止奶奶进养老院，大家都很懦弱。因为是好孩子，所以才懦弱？还是因为懦弱，所以才是好孩子？懦弱却是好孩子，好孩子可是懦弱……不知道。但是，一直在我脑海里浮着的“可是”，现在好像终于有了分量。

口袋里的手机响起来。不用打开翻盖，从铃声就知道是长野君打来的电话。

我摸索着手机按键关掉了电源。

然后，对着情景画面好像已静止似的厨房，喊道：“我们吃饭吧。”

父亲强忍着眼泪，什么话也说不出来，母亲倒是笑着回答我：“今晚，你也喝点啤酒吧？”

最后的夜晚。

明天早上，要对奶奶说“下次再来”，而不是“再见”。

爸爸吸着鼻涕，从冰箱里拿出冰好的梅子酒。辛劳工作独自养育孩子的奶奶，唯一的嗜好就是睡前喝一小杯梅子酒。

“那我先坐下了。”弟弟悠闲地说着。妈妈赶紧叮嘱：“不可以把黄瓜卷吃了。”奶奶吃寿司时，叫了“高级”寿司也必定要加一份黄瓜卷，对奶奶来说，黄瓜卷一直是她最爱的寿司。

“伦伦”从奶奶的膝盖上跳了下来，来到了我的脚边，身体摩挲着，喵喵地叫唤。

真是个“好孩子”，也一定是一只非常聪明的猫。

我想着，又把手伸进口袋，握紧了手机。

“妈，我去二楼打个电话就来。”

母亲没有回答我，她正在从碗柜里拿碗筷出来，大概没有听到。

我犹豫要不要再说一遍，可是还是决定放弃。

因为此时母亲正拿出六个小碟子，摆在厨房的灶台上。

“我们吵架吧。”

“不是要争谁是对的，谁是错的。从今往后，我们吵很多架吧。”我打着电话，心里非常感谢长野君没有把手机电源关掉。

“从今往后……是指从什么时候开始？”长野问道。

“先就从今晚开始吧。”我回答。

“可以吗？”长野的声音里带着笑意。

“奶奶正等着呢。”

“……在奶奶面前吵架吗？”

“也不用勉强吵架的。”

我自己听着自己的回音，忍不住笑了起来。长野也笑道：“好，我五分钟就到。”

从车站到我家，步行需要十分钟。

“你已经在来的路上了？”

“嗯，是的……想着即便吃闭门羹也要来。”

“你犹豫过吗？”

“什么？”

“你决定来吃闭门羹的时候，犹豫过、烦恼过吗？”

“那是当然的喽！”长野有点生气地说道。接着他又说：“还很失落呢。”

好。吵架的话，肯定要和会犹豫、会烦恼、会觉得失落的人吵才好。然后，吵完了和好，也一定要和心地善良的人才行。

我挂断电话，听到客厅里传来父亲的笑声，似乎是对着奶奶而来，父亲既不是叫“你奶奶”也不是叫“老妈”，而是像小孩子般亲切地叫着“妈妈”。

我把手机留在书桌上，出了房间，慢慢地走下楼。朝着客厅里聚集一堂的、懦弱却善良的家人们走去。很快，就有一个新的人将要成为家里的一员。我想奶奶一定会开心地笑着接受这个新成员的。

令人讨厌的毛毯猫

1

传来猫的叫声。

“呜嘎！呜嘎！呜嘎！”敌意显露的声音，让人听得很清楚。

很可能是204号。上个月刚刚搬进来的女白领的房间。她肯定想不到这个房子的房东有多可怕，那个死老头有多阴险。

我走出房间，顺着楼梯从三楼下到二楼，从走廊的一头向204号房间的方向张望。果然没错，房东老头在204号房门前。开门出来的白领女孩一直在道歉。可是，如果是道歉就能管用，那么房东老头一开始就不会使用这种阴险的手段了。

“规则就是这样。”看，这就来了。

“合同上写着的，你应该看过的呀。”话可以说得客气一些吧，我每次都这么想。

接下来是老头单方面的最后通牒。

“不管怎样，你给我搬出去。”

“不，那不行，规则就是规则。这是理所当然的，连孩子都懂的。”

“理由什么的我不要听。违反规则的是你自己。”

“我也不要你明天就搬出去。这个月，到这个月底。我要重新清扫房间，抱歉，押金很可能无法退还。那是当然的。我说不定还得换墙纸呢。”

“有味道的。味道！猫的味道，你是没有感觉。可是是有味道的，很臭的。”

“不管怎样，这个月底你给我搬出去。我明天就去重新登出租广告。如果你打算赖在这里，我就去找你的租房保证人。”

我从小学开始语文成绩就不好。可是，看着这老头，稍稍明白了一点。比如“一字一顿”“居高临下”“无依无靠”，原来就是这么一回事儿……

一通“扫射”，老头想说的都说了。

门关上了。

到最后，租房子的女士大概也是一肚子的气，因为门被关得相当粗暴，“砰”的一声，她的情绪应该是糟到了极点。

对于这种心情，我可以理解。

真来气，那老头，就是让人气不打一处来。在旁边看看热闹都让你来气，这当事人……要是我，弄不好会给他一刀。

老头朝这边走来。

我慌慌张张想要躲起来，可已经来不及了。就这样和他眼睛对上了，我无奈之下只能装个笑脸点了个头。

老头依然板着脸，下颚稍稍动了一下。“姑且应付”的意思。我感受了，“姑且应付”和“应对自如”有什么不一样。

老头手里提着一个笼子。一个七十多岁的顽固老头，和公园野餐用的笼子，怎么看也不相称。可就是这个，正是老头之所以招人讨厌的理由所在。

笼子里有一只猫。每个月一次，在周六时他从宠物店租来的猫。老头就是用这只猫，来查违反“禁止宠物”规则的房客。提着笼子在走廊内走一圈，不管是猫还是狗，甚至小鸟，总之只要是在房间里的动物都会叫起来。绝对会叫起来。碰上乌龟或蜥蜴此类不叫的动物，猫则会叫。这只猫就像是煤气泄漏警报器或者金属探测器一样。

这是一幢三层楼的公寓，出租的房间总共二十间，再加上老头住的一间。这块地原来是老头家的，他应该曾经相当有钱。把原来的房子推倒后，加上院子，建了这幢公寓，其中一间自己住，真可谓是人生波澜万丈啊。

出租的公寓房间条件不错。不，也许应该说是最高水准。离快速电车停靠的车站步行只有三分钟的距离。不用换车，十五分钟能到新宿；换一次车，二十分钟能到涩谷。去都心的地铁换乘方便，离首都高速公路的入口也不远。五年前刚造好的房子，房间里设有有线电视插口。虽说是一居室，可使用面积比有些两居室都还要大一些。厨房里的设备也非常不错，浴室和厕所是分开的。公寓的大门当然有可视门铃。即使这样，租金还比一般的房子要便宜好多。让人怀疑这房子的上一个房客是不是在房间里自杀了，所以租金才会这么便宜。便宜到这种程度，有人气是必然的事，用房屋中介的广告语来说，这叫“超级优良物件”——如果没有房东老头的话。

徒步来到车站。

经过车站旁边的房屋中介公司，年轻的员工正在往玻璃窗上贴着新的招募房客的广告单。

正是我们这个公寓的204号房间。写着“下个月可以入住”。老头手脚真快，而且没有任何余地。想起那个在房门口不停鞠躬道歉的女白领，以及她那张看起来不是很有男人缘的脸，我忍不住叹了口气。

这是违反规则的人自作自受，老头肯定会这么说。的确，违反规则是不好。新的广告单上也明确地写着：“严禁宠物。”

规则毕竟是规则——我叹了口气。

“严禁”的“严”字，令人恍惚中仿佛和房东老头的脸重合了起来。

“那是一只怎样的猫呢？”

悦子问道。脸上露出点担心的表情。

“我只见过两三次……怎么说呢，看上去性格很坏。”

我皱着眉摇了摇头。悦子苦笑道：“什么呀，性格是看不出来的吧。”

“嗯，可是，看了这只猫就是能知道呀，不骗你。一眼看上去就是性格很坏的那种。”

这不是瞎说。虽然我完全不懂猫的种类这种东西，但我想童话或传说里面的恶猫，肯定就是长成那样的。

“很胖吗？”

“嗯。毛也很长，满身横肉，特别是态度很嚣张。”

就像有些人总是会刺激别人的神经，猫也一样，也不一定特别做了什么，就是令人讨厌。房客们偷偷养着的宠物之所以叫唤，就是因为敏感地察觉到了这一点。所以，总是发出很不高兴的叫声。不是那种隔了门招呼伙伴的叫声，而是类似人类“你是个啥东西”那种挑衅的说法。

“究竟是怎样的猫呢？”悦子好奇地问道。

“就是那种最差劲的猫。”我不屑地说道。

对于租来的猫，我并没有恨意，可是让我上火的是它成为那个阴险老头的走狗这件事。

“悦子你如果看见，绝对和我想法一样。真的，我可以打赌。”

“是吗？”

悦子歪了歪头。“我可是很喜欢猫的。”她又加了一句，抚摸起放在膝盖上的猫。

这是她昨天晚上捡来的。据说猫被放在一个纸板箱里，纸板箱上写着“祈祷能被心地善良的人捡回去”——遗弃猫的家伙虽然考虑周到，可实在是肮脏卑鄙、自私自利的留言。

“你打算养它？”我问道。

“可能的话，是想养的。”悦子犹豫着说。

“你这房子，能养宠物吗？”

“……不行。”

“那你要怎么办？”

“嗯……如果可以的话，我想最好是能养在小拓你那里……”

“不行，这不行的。”

“我也一起住过去。”

“说了不行。”我果断地回答。

在自己的声音响过耳边之后，我吃惊地转向悦子。

悦子有点难为情地笑着说：“结婚的事，还没有怎么考虑哦。可是，和小拓一起住应该可以。”

“……真的？”

“是的……”悦子脸红了起来，“小拓不也觉得一起住更好吗？”

嗯！好像是装了弹簧的木偶一样，我一个劲地点头，忍不住举起双手做了个高呼“万岁”的动作。

从路上搭讪认识以后，我和悦子交往了半年，小小地吵过几次架，可我一直只认悦子这一个女朋友。这份苦心，现在终于有结果了。

可是，对着不停地欢呼“万岁”的我，悦子嘟囔着说：“可是，……小拓住的公寓，也不可以养猫的……”

“你等一下，没问题，总有办法的。”

“什么办法？”

“比如……把房东老头杀了？”

悦子苦笑说：“胡说。”

说真的，我也觉得，这很荒谬。可是，如果，万一，悦子真的说“你把老头杀了吧”，我说不定真会去买把刀。“女人是祸水”这句话的意思，最近我是深有感受的。

“在这里一起住呢？”

“要么我搬家？”

“可是，能养宠物的公寓不是很多的。有的话，房租也都很贵。”

“……嗯。”

“小拓，你有钱吗？”

我低下头，摇了摇头。

真是惭愧，我都二十五岁了还没有固定工作。白天干一份打扫大楼的临时工，加上深夜在便利店打工，总算能维持现在公寓的生活。悦子一个月大概只有三分之一的时间能轮上派遣的工作，也没有什么多余的钱。即使两个人一起分担房租，要想找个和我这个特别便宜的公寓同样条件的房子，大概也是不可能的吧。

“要么我们下定决心去乡下住？千叶或是埼玉，那里房租很便宜的。”

“你能受得了吗，小拓？”

“……不行。”

“这不行。”

悦子明确地说，又加了一句，“其实我也受不了。”

比起工作，玩乐更重要。

比起将来，现在更重要。

自己也知道这样下去不行，可是真心只有先这样了。一旦在热闹的地方住过，乡下的生活是让人受不了的。

那么，把小猫扔掉不就好了——冒到嗓子口的话，被我硬生生地吞了回去。这话如果说出口，立马就会被悦子甩了。

我可不想和悦子分手。

悦子不想把小猫扔了。

我的公寓不可以养猫。

可是我没有能力搬离现在的公寓。

悦子说了要在我现在的公寓一起生活。

……

我不擅长复杂的思考，感到头痛了起来。

这种时候还是先……

做爱。

小猫呆呆地在一旁看着赤裸着抱在一起的我们。

感觉自己真是好没用……

可是，身体爽快了之后，脑子也清爽起来。

穿好衣服的悦子突然说："哎，我突然想到一个办法。好像是个好办法哦。"

"我也想到一个。"

"真的？"

"嗯，也就是说，房东把那只猫租来的时候，咱们的猫不叫就可以了。"

"是啊，是啊，关键就在这里。"

"觉得讨厌所以叫，对吧？"

"嗯，是这样。所以……"

"从一开始，就让它们成为好朋友的话……不就可以了吗？"

"是的，是的。"

“那房东的猫是租来的。也就是说，咱们也可以去租那只猫。”

“完美！”

“对吧？所以，我们也去租一次，让我们的小猫和它见见，成为好朋友，检查的时候不叫。不就好了吗？”

我用手指做了个成功的手势，悦子也做了个同样的手势，笑着点头。

感觉真的很好。

“不过，那只猫，看起来性格很糟，不是吗？”

“第一印象是性格很坏，可接触以后也可能意外地发现原来是个不错的家伙。”

“……你真是乐天派。”

“没事，相信我。”

我将成功的手势又换成了剪刀手，把胸膛也挺了起来。

第二天，我马上去拜访房东。

两人进行了单独对话，这是自我前年搬进来之后的第一次。

老头一开门，就是一副想要赶走推销员时的冷淡表情：“你有什么事？”

可我还是强作笑脸，反复强调我有个朋友对租赁猫感兴趣之后，想打听租猫的宠物店名。

老头一脸怀疑的表情，毫不掩饰地上下打量我后，用好像是扔废纸团那样的口气，告诉了我宠物店的名字。

真是个令人讨厌的家伙。真的，说不定杀了他事情会更简单。

可是，我还是笑呵呵地说了“真是太感谢了”，以及“不好意思，再见”。

“喂，你等一下。”

“啊？”

“垃圾，你有好好分开再扔吗？塑料瓶和易拉罐，你是不是放一起扔了？不好好分开，可是不行的。”

我没有一起扔，笨蛋。我在内心愤怒地喊道。

但是，不管怎样，我就这样迈出了战斗的第一步。

2

令人意外的是宠物店非常干净。可能是因为“商品”——动物们都被关在装着玻璃的栅栏里，基本上没有声音和气味。

我原来以为会更像野兽世界，会像动物园那样有股动物的味道，以及各种动物交杂的吵闹叫声。

“你说什么呢?”

悦子轻蔑地笑着说:“那样的宠物店，还能做生意吗?”的确也是。

装着玻璃的栅栏，纵横排列着，仿佛是透明的硬币储物柜或者百元店里的透明塑料储物盒，有那种感觉。在猫区和狗区，栅栏里的都是幼仔。

“哎。”我用手肘碰碰悦子，小声地说道。

柜台里年轻的店员在写着什么。说了不好听的话，说不定会放出条土佐斗犬或者杜宾犬来。

“会不会有卖不掉的?”

“那当然会有的吧。”

“卖不掉的怎么办?”

人类的男性有一部分有熟女嗜好，可这个嗜好好像转移不到动物身上。对于宠物，人类几乎全部都是少女爱好者吧?

“这个没有人会因为便宜就买一只吧?毕竟占地方。”

“我觉得不是占地方的问题……”

“可是，真的，成年再变成老年猫了，还没卖出去的话，怎么办呀?”

处理这个单词一瞬间浮现出来。

悦子不由自主地做了个“吓人”的鬼脸。

这样想着再来重新审视栅栏，眼里看出来仿佛所有的猫仔狗仔都使着浑身的解数在卖萌。虽然并没有摇头摆尾或者把脸颊贴到玻璃窗上来，可怎么看都像是全身散发着“请多多关照”的气场。

到今天为止，我一直认为宠物拥有保证三餐还带住宿的非常舒服的身份。可是现在看来，到成功取得那个身份为止它们的生存前景是严峻的，完全就是“生存竞争”。这么一想，似乎有种想要对栅栏里的小家伙们呐喊助威的冲动。

“哎……”

“什么?”

“二十五岁，如果是宠物的话，已经被处理掉了吧。”

“什么呀，小拓你是在说自己吗?”

我默默地点点头。“将来一定要这样!”在我自己的人生中一次也没有过这种想法，就这样拖拖拉拉、晃晃悠悠的，没有固定工作地活到了今天。更糟糕的是看起来以后还会这么继续下去。

可是，这样下去真的可以吗?

啪啪啪，面前有人在拍手，悦子像个舞蹈老师般用手掌打着拍子。

“嘿嘿嘿，别一个人沉溺在忧郁里啦，没有时间了，赶快租了回家哦。”

说完，她自顾自地走向柜台。

没办法，我只有跟过去。

将身子凑到柜台上，悦子呼叫着里面的店员。听着悦子的声音，我突然想起我犯了个低级错误。

“唉，我真没用。”我忍不住骂了自己一句。

关键的事——猫的名字，忘记问房东了。

我干事情总是这样。注意力散漫、地图也看不懂、别人说的话也听不明白。可谓是丢三落四的冠军、低级错误的帝王、错字漏字的皇帝……中学的时候，班主任曾说：“你这样下去，成不了有出息的人。”之后，他的话完美地应验了。

店员说着“欢迎光临”，来到我们面前。

“我们想要租一只猫……你们有出租的吧？”

对于悦子的问话，店员堆着笑脸点头说：“是的，我们有这个业务。”然后瞟了我一眼。只是一瞬间，也看了一眼悦子的脸。

我咬紧牙关。

我在高中二年级时退学，之后干了九年的临时工，对于这种“瞟”眼后面的意思是深有体会的。

“是谁租呢?”

悦子毫不犹豫地指着我说:“是他。”

我在心里叫了声上帝,后悔事先没有商量好。

悦子大概是想要给我面子。可是,作为派遣社员的悦子不明白我这种干临时工的人是有多么弱势。不过,如果她明白了,立马就要和我分手的可能性也不是没有。

悦子让开一步,我站到了柜台前。店员堆着笑脸问道:“是第一次租猫吧?”

我有思想准备地点点头。

“非常抱歉,我们店对客人采取登录制。”

“唔唔。”

“毕竟是有生命的东西。不过,登录手续是很简单的。”

“唔唔。”

“那能麻烦出示一下身份证吗?”

“保险证可以吗?”

“啊,不好意思,需要带照片的证件。”

“驾照。”

“对不起,最好是有记载着工作单位的证件。”

来了来了,就是这样,这个社会啊。

“我有丸一百货公司的贵宾卡……不行吗？”

店员一副别开玩笑的表情看着我，貌似也不懂幽默的家伙。

“茑屋书店的会员卡，行吗？”

对于第二次的玩笑，店员连反应也“省略”了。

到了这地步可不能中途放弃，这是男人必须有的韧性。

“加油站的卡。”

依旧被漠视。

“高塔音像出租店的会员卡。”

默杀——以沉默来杀人，大概说的就是现在这个场面。

“无偿献血卡。”

店员干脆目光转向悦子，好像在说：“你帮帮忙啊。”

现在，是拿出杀手锏的时候了。“啊，有了有了。”我在钱包里通找，然后从卡袋里抽出一张卡放在柜台上：“这个可以吧。”

宠物小精灵卡。

以到目前为止的经验来说，这时大家都会忍不住笑出来。这招意外地对那些看上去非常较真的阿姨会很有效。笑起来的话，虽然根本的问题还是得不到解决，但场面气氛就会融洽起来。

可是，这个店员，大概是特别认真的家伙，眼睛瞪过来，眼神似乎在说：拜托，能不能有点分寸。

悦子慌慌张张地插话道。

“好了好了，别开玩笑了。”安抚了我一下，转向店员说，“那以我的名义租吧。这样可以吧？”

“是……可以的……”

悦子拿出派遣公司的登录卡。作为身份证明的等级虽然相当低，但比起刚刚的宠物小精灵卡，简直就是天壤之别。用棒球来比喻的话就是，哪怕速度只有每小时一百三十公里的直线球，如果是在球变化之后，打手看起来也会有时速一百四十公里以上的感觉。缓急的差距，或者振幅的不同，不管是以上哪个，我也算是起了点作用吧。

总之，租猫之事又前进了一步。

店员一边看着租猫申请表把悦子的身份信息输进电脑，一边问道：“想要租什么样的猫，有明确的要求吗？”

悦子再次把柜台前的位置让给我。在换位置的时候，在我耳边轻轻笑着说：“我得了一分喽。”如果等一下发现我忘了问猫的名字，肯定要高兴地宣布她得了两分，今天晚上的晚餐就该由我埋单了……

可是这次我的担心是多余的。“说名字就可以了吗？”我问道。

店员直截了当地回答："出租猫是没有名字的。"

三天两晚的租猫人，可以随意给猫起名字。同一只猫租给 A 的时候可能叫"伊丽莎白"，租给 B 的时候，变成"球球"。

"毕竟，起名字是爱猫的第一步。"

"哦……"

"那样的话，不会把小猫咪的脑子搞晕吗？"悦子从旁边问。

"这个没问题。猫也会接受现实的。"

店员淡淡地回答之后，第一次像是开玩笑地补充道："当然，我也并不知道它们的感觉。"

悦子感叹地点头："是这样啊，这猫要么是非常聪明，要么就是非常笨吧。"说着自己笑了起来。

我也笑笑算是回答。可是，脑子里想着另外的事。

出租猫，就像是临时工或者派遣社员……

店员从架子上拿出一个文件夹，在柜台上摊开。

是一份带照片的名单。都不是猫仔。店员按自己的心思猜测我们大概很失望，开始说明为什么名单里没有猫仔。对于接连不断地变换主人的精神压力，猫仔是承受不了的。常言说"猫不是跟人而是跟家"，要让猫能够适应出租，要经过很多训练，让它学会只要有从小用惯的毛毯在，不管在哪儿都能安然入睡……

确实是那样的。工作环境不断改变的临时工和派遣社员，被要求有一到新环境就马上适应的能力。不能持久地做同一份工作，说明这个人没有常性？开玩笑！可不能忘了那份投身到新环境里去的勇气啊！

今天真是见鬼。总是觉得猫的生涯奇妙地和自己的人生重叠在了一起。

“是哪个猫啊？”

在悦子的催促下，我一页一页地翻起了文件夹。

在猫的照片旁边，备注着年龄、性别，以及品种或者说品牌，三毛猫、美国短毛猫都详细地标着，替代名字的则是号码。整个名单看起来有点像中华料理店的菜单。

房东老头的“搭档”在最后一页。肥胖，眼神凶恶，一脸蛮横的猫。连一向爱猫的悦子看了都皱起眉头，望而却步。

年龄六岁，雌，“杂”。

“这个‘杂’是什么意思啊？”我问。

“就是杂种的意思。也叫作家猫。”店员回答。

那就写“家猫”不好吗？我心里想。“杂”算什么啊，“杂”就和路上民意调查表格里的职业栏“职工・学生・其他”里的“其他”一样啊——又一次把自己重叠了进去。

“杂种以外的都带着血统证明吗？”悦子问道。

“是的。这些猫大多是原来在宠物店里没有遇到有缘分的主人。所以，毕竟还是纯血统的更……”

另一边是“纯”啊。可是血液能说杂或者纯嘛。父亲和母亲的血混合了，不就所有的都是杂了嘛。——真是，我今天有点不正常。

“这只猫，今天能租吗？”我指着照片。

突然，店员口齿不清地说：“哎，能够是能够的……”

“有什么问题吗？”悦子问道。

“不，虽然也不算是有什么问题……可第一次租猫的客人，说老实话，不推荐这只猫。”

“为什么呢？”

“脾气很暴躁，动不动就要吵架，对什么都充满了敌意。嗯……有点怪癖的。”

“可是，它也是经过了出租猫的训练的吧？”

“训练是训练过了，可好像还是有点挑主人，碰到自己不喜欢的主人，那可是暴躁、暴躁、暴躁……”

一瞬间，我就想打退堂鼓了。房东老头顽固的脸像是画纸上的图画般浮现在我眼前，会不会不像那个老头的做法一样，就没法被这猫认作主人了呢？

可是，不租这只猫就失去了租猫的意义。

“没关系，就要这只猫。”

“……确定吗？”

“没问题。”

“可是……真的没问题吗？”

店员充满怀疑的态度，让我很生气。

别小看临时工！我真想冲他这么说。干各种工作碰到过的有“怪癖”的家伙的数量，可绝对不会输给正式职工。甚至可以说，除了有“怪癖”的家伙们的聚集地，其他地方根本就没有临时工可插足的空间。唉，我逞什么强呢。

“包在我身上！”我挺起胸膛回答。悦子从一旁递过来一个崇拜的眼神。

“哈哈哈——”我笑了。

三分钟后，豪迈笑容，变成了鼻头贴了创可贴的哭丧脸。

店员打开放在柜台上的笼子的盖子，和猫照面的那一刹那间——貌似就被判决了我没有“当主人的资格”。

像玩偶匣里装着弹簧的木偶那样，猫的右爪飞出来，抓破了我的鼻子。

可即便这样，我还是得和这只死猫继续打交道下去。

3

回到悦子的公寓，我首先给这只死猫取了名字。

“杂”——杂种的杂。

“太糟糕了吧，这名字。”悦子轻轻瞪着我。

“没什么不好，杂种就是杂种。”

“可是，也应该……考虑一下猫的感受。”

“你好啰唆，名字是什么无所谓的吧，为了个名字叽叽喳喳地说个没完啊。”

悦子给捡来的小猫取名叫“可爱”，有点像某个洗碗剂的名字。我倒是觉得这个名字对猫来说更失礼，不过如果这个意见说出口的话，刚刚被抓破的鼻子没准会挨上一拳，我沉默着把装着“杂”的笼子放在房间的中央。

从刚才开始，“杂”就在笼子里面一直闹腾个不停。听上去很糟糕地从鼻子里出着气。店员说的“只要放进笼子里，就会安静下来的”，简直就是一派胡言。

“打开吗？没问题？”悦子抱着“可爱”担心地问。

“不打开，租来干吗啊。”

“会不会到我这里来？”

“谁知道呢。”

为了不重蹈覆辙，我身体后倾，脸尽量远离笼子，悦子退到了狭窄的房间角落里。

“打开喽。”

打开盖子。“杂”和刚才相反，慢吞吞地从笼子里出来，仿佛确认环境一般，用粗粗的脖子慢慢地转了一圈，有点类似橄榄球开赛前的“战斗之哭”①，它的鼻子出了几下气——突然一个转身朝着我的腹部猛扑过来。抓住我的短袖，已经洗了无数次的布料毫无悬念地被撕破，同时抓到了我的腹部，眼看着腹部肿起几条蚯蚓般的血痕。

“你，你小子，你这个杂种畜生，叫你狂！”

原本打算给它一脚，可是，“杂”轻松地闪开了，慢慢地向悦子走去。

“啊！啊！啊！”

---

① 新西兰队开赛前的带有威吓对手意义的简短舞蹈，因此得名。

悦子尖叫起来，在角落里团团转。真是个笨蛋啊，这家伙。

“杂”的四肢停了下来。

像放下两手的招福猫那样——如果用狗的姿势来说的话则是“坐下”的姿势，“杂”盯着悦子。不对，“杂”盯着的是悦子抱着的“可爱”。

“可爱”也盯着“杂”。

“喵。”“可爱”细声细气地叫了一声。

“哼。”“杂”呼了一口粗气。

“喵。”“可爱”又叫了一声。

“哼。”“杂”又鼻子出气般呼了一口气。

“喵。”“可爱”接着叫着。

“呜，呜。”“杂”又呼了一口气。

这是在对话？这俩家伙是在说话吗？

“可爱”从悦子胸前挣脱出来，跳到地上。虽说还是个猫仔，可到底是只猫，落地干净漂亮。

“杂”脚步沉重两步并一步地接近“可爱”。“可爱”步子轻盈地迎上前去。

不好！要被打死了！

侦探剧里那个熟悉的背景音乐在我耳边响起来了。

可是，“杂”并没有袭击“可爱”，“可爱”也没发出悲号。“可爱”用脸蹭“杂”，细小的前肢推了推“杂”岩石般的肩膀。“杂”没有动，还是“坐下”的姿势，冷淡的表情，一动不动。

“喵——”“可爱”又甜甜地叫了一声，把脸埋进了“杂”的腹部，然后钻到了腹部下面，好像小袋鼠那样。“杂”还是不动，板着脸盯着空中的一点，任“可爱”为所欲为。

“我说的吧。”

悦子拿着泵式瓶口的消毒液往我手背上洒着消毒。

“小拓和‘杂’有点犯冲。”

“……啰唆。”

“你看，那孩子脸上凶恶，但很善良啊。对我和‘可爱’很好，本质上是好孩子，肯定的。”

“……啰唆。”

“你看你，马上就发这么大的火，不是吗？‘杂’也明白的，所以对你不好。等下你试试看，敞开胸怀，跟它和好吧。”

“真啰唆！”

我冷淡地抽回手，对着火辣辣的伤口吹气。

之后，我的手又被“杂”抓破了……

三天两晚的第二天，那家伙还是一看见我就挑衅。洗完澡脚背被抓破的时候，因为血管正是扩张的状态，令人吃惊地流了好多血。我睡觉的时候，从我腹部上“咚咚”地踩过去。早上洗脸的时候，睡衣的裤子被抓破。因为生气，一大早开了听啤酒放在桌上也被“杂”掀翻了。

即使如此，宽宏大量的我，凭借如同大海一样宽广的胸怀，依旧给了“杂”满满一大碗猫粮作为中午饭。“吃吧。”我把碗放在“杂”的面前。结果，那只死猫，一下子又抓破我的手背……

“可是，我挺喜欢‘杂’的，人家很善良的。”悦子用下颚示意。

房间的角落里，“可爱”围着“杂”玩耍着。“杂”并不和“可爱”一起玩，也看不出喜欢的样子，只是默默地任凭“可爱”随心所欲地闹腾。

“你不觉得它们是很好的搭档吗？”

“没……”

“‘可爱’这样地缠它，可是第一次哦。所以，‘杂’肯定是只出人意料的好猫。”

我缓缓地点点头，斜眼看向“杂”。

四目相对。

"杂"似乎白了我一眼。

这家伙真的是讨厌看到我吗？……气愤！

可是，渐渐地，我也有点悲伤起来。

"小拓，今晚要打工的吧？结束后打算怎样？来我这里吗？"

我稍稍考虑了一下："回我自己那里去。我不在，'杂'也会觉得更好吧。"

"讨厌。"悦子笑起来，"你好像有点闹别扭。"

"没闹别扭。"

"说话的口气就是。"

也许。偶尔老实承认也不错。租猫的渣子——令人讨厌的猫所讨厌的我真是情何以堪！大概追悔莫及，孤独寂寞，悲哀莫过于此……

"呐，悦子。"

"嗯？"

"我老家有一个说法，叫'猫也跨'。不是指鱼，是指人，人！连猫也不屑一顾跨过去的没有价值的人。我就是那'猫也跨'吧……都老大不小了，还没有固定职业，吊儿郎当的，将来也没有什么前途，想要干的事也没有，我这个人……"

原本并没有打算说这些气馁的话，可是这些话自己就从嘴里冒出来了。

一开始还笑着打岔的悦子，半道开始表情认真起来。

“去找工作吧？”

“哪儿找得到啊，我又没上过大学，连高中也没毕业。”

“那么，……继续当临时工？”

“不知道要怎么办。”

我好像要逃跑似的站起来，走向门口，发现门口的运动鞋鞋带松开了。

“啊，对不起，刚才‘杂’捣蛋地把鞋带解开了。”

无所谓，怎么都行，反正我就一个“猫也跨”的人渣……

便利店的夜班期间情绪一直消沉。有些人根本没什么事却半夜跑到便利店来，站在那儿看看杂志，浏览零食柜和饮料柜的新商品，买了冷饮在店门口蹲着吃，拿手机和谁聊了几句短信，然后突然站起身，把冷饮的袋子随手扔在路上，摇摇摆摆地消失在黑夜里……每次看着这种家伙，突然让我感到很悲伤。

我们，都在干些什么？我自然而然地用了复数形式的“我们”。到底，我们将来会怎样，五年以后、十年以后……即使能够这样继续下去，人生也只会越来越糟糕——可是，从现在开始要往哪里去才好？

初中、高中的课堂上，这样的东西，老师一次也没教过。

玩摇滚、跳街舞的家伙总是简单地煽动我们“粉碎一切障碍”！

可是，粉碎什么？目的是什么？而且，说到底，从哪儿能搞到粉碎障碍的锤子呢？

凌晨四点，把货车运来的盒饭排列到货架上，这是我今晚最后的工作。

排列饭盒时，抬头看了一眼为了防止偷窃安装的转弯镜。凸形镜里的我，额头超大，可手脚却小得可怜。

凌晨五点，和上早班的人交接后，我离开了便利店。提着马上就要过保质期的盒饭，回到公寓门口，门口的自动门却开了。

哎？我抬起头。发现自己没刷门卡而公寓大门却开了。原来是房东老头正好从里面出来。我下意识地点头打招呼：“啊，你好。”可老头狐疑地看了我一眼，也不回应我的招呼，向大门旁边的垃圾堆放处走去。

今天是回收可燃烧垃圾的日子。有不少人晚上就先把垃圾扔出来，也有人把其他垃圾混杂着一起扔出来。这个时间就已经有几袋装在超市塑料袋里的垃圾在那儿了。

老头把几个垃圾袋捡起来，打开扎着的袋口，查看着里面的垃圾。想起来上个星期门厅里贴出了《公寓住户扔垃圾的规则》的告示。

这老头，连垃圾也要检查的啊。

我觉得他简直不可理喻，仔细想想甚至觉得有点恐怖，决定赶快回自己房间去。就在这时，“喂!”我被叫住了。直接就是“喂”啊，如果我是冲动的中学生，一个“喂”叫过来，真的，弄不好就会愤怒地把刀拔出来了。

“什么事?”

“这垃圾，是你扔的?”

“说什么啊，不是，我刚打工回来。”

“……是吗?那好吧。”

那好吧?这不好吧!我愤愤地瞪着老头的后背。

老头继续检查着垃圾，头也不回地问道:“有事吗?我已经说过好了，你可以走了。”

这个口气，还是令人冒火。

我想起高中的时候，有一次被负责毕业生就业指导的老师叫到办公室。老师问我为什么既不打算考大学也不打算就业，究竟想要干什么。我回答道："也没什么，走着瞧，不行吗？"老师非常夸张地长叹了口气，仿佛是赶苍蝇般挥着手，敷衍地说道："好吧，好吧，你可以走了。"

"哎……"我觉得必须把话说清楚，"我有句话要说。"

"什么？"老头一边重新扎起打开的垃圾袋，一边说。

"怎么说呢，租的房子，我们付了房租了，对吧？也就是说，我们是顾客，不是吗？"

"是又怎样？"

"那么，你就应该拿出对待顾客的态度，不是吗？"

老头转过身来，也没有发怒的样子，就是平时那副冷漠的表情，究竟在想什么，从表情上完全看不出来。

"如果你不满意，就搬出去。"老头淡淡地说。

这话相当地让人生气。可是，老头瘦小的身躯散发出一种不明所以的咄咄逼人的气势。

"呃，这个……也不是说不满意……"

老头微微地点了下头，捡起刚刚检查完的垃圾袋。就那样两手提着垃圾袋，朝公寓里面走去。

我慌慌张张地追上老头。

"你拿这些垃圾做什么？"

“保管到六点。”

“为什么？”

“有什么为什么的，规定是早上六点开始可以扔垃圾的。”

“保管……是要放在你家里？”

“其他还有什么地方可以放吗？”

老头很不耐烦地回答着，走上了入口处的台阶。那个背影，和刚才比起来，稍微有了点人情味。

出乎意料，我开始觉得他说的还挺有道理的。

“那个……”我又一次把老头叫住。

老头一副不耐烦的表情转过身来。我便接着说：“上次不是跟你打听出租猫的事吗？”

“嗯嗯……”

“你为什么一直租那只猫呢？”

“那个，属于个人喜好吧。”

“是因为那只猫是令人讨厌的猫吗？”我下定决心般直截了当地问道。就和你一样——这句话没有说出口。

老头死死地盯着我。

4

“你来一下。”老头说道，也不等我回答就自顾自迈开了脚步。虽然对他命令式的语调感到生气，可没有办法，我只能跟过去。

老头的房间在一楼的最里面。打开门，老头又命令道：“进去。”

我只能走了进去。

这个房间比我的大，可放着的家具比我还少很多。没有任何装饰物品的煞风景的房间，角落里供着一个神龛。大概是老头家属的吧……是，当然吧。我被好奇心驱使忍不住朝神龛那边张望，老头一边把从公寓扔垃圾处拿回来的违法抛弃物放在厨房地板上，一边说道：“你点支香，拜一下。”

“怎么做呢？”

“你小子从没点过香吗？”

“唔……”

老实说，神龛这种东西也只在电视剧里见过。今天是第一次见到“活生生”的神龛。

老头一边苦涩地说：“现在的年轻人真是……”一边代替我站

到神龛前，点上蜡烛，借蜡烛的火点燃了香，“叮——”的一声敲了一下小钵。

在合起双掌默祷的老头身后，我也模仿般地合起了双掌，眼睛看向神龛上放着的照片。

这是一张年轻夫妻和两个孩子的照片。

等老头默祷结束，我不假思索地指着照片问道：“可以问一下吗？”

“问啥？”

“这个……是房东你吧？你还没死啊，现在就把自己的照片供在神龛上，不好吧？”

老头不语，眼睛盯着我。脸上是彻底绝望的表情，仿佛在说你除了这个没别的要问了吗。

上了年纪的人不能理解年轻人复杂的心理，没办法。我自己也是知道的。知道所以才问不出口呀。这真是不开窍的笨老头。

难道要我用像小学生般的口吻来说：“喂喂，这些看上去好幸福的人，大家都死了吗？”类似这样的话吗？

老头也不回答我，坐到了小矮桌前面。我待在神龛前面，避开老头的视线，感觉稍稍自在了一点。照片里两个年幼的孩子都是女孩。姐姐大概小学一年级，妹妹不知道有没有到上幼儿园的年龄。

“房东，……是因为一起事故吗？”

我低声问道。苦涩的声音。连我自己都不知道自己原来还能发出这样的声音。

可是，老头用比我更低、更苦涩的声音说：“火灾。”

“……没瞎说？”

“是造这个公寓之前的房子。”

据他说是一栋联排小别墅，可以给一个家庭两代人住的那种房子。火是儿子家住的那间房边引起的。半夜三更。风很大的夜晚。从儿子房子的厨房里冒出来的火舌，一瞬间吞噬了整个联排别墅。

我把老头嘟嘟囔囔说的话概括起来，感觉有点像电影《X 工程》旁白的内容。

我不会认真。我自己害怕变得认真。第一次意识到这一点，包括对活到现在为止人生里的好多事。

老头又继续说。当时他逃了出来，儿子全家也都逃了出来。

那不是没死吗……那还刚想要找碴。我的目光被照片中姐姐手里抱着的东西吸引了过去。她两手捧着一个淡棕色的东西，非常小，一开始我还以为是一个小背包。

可是，那——正好和悦子捡来的猫一样可爱，一样弱小。

老头仿佛知道我的视线在哪儿，便说道：“猫没来得及逃出来。”

姐姐跑向熊熊燃烧着的房子里，妹妹也跟在后面跑去，孩子的母亲大叫着追赶，然后父亲追着她们三人……然后……

此时，在我耳边响起的是——每周二晚上侦探电视剧里常有的——那种从高处坠落时的尖叫声。

“对不起。”我抱歉地说道。

我，还是害怕变得认真。

害怕变得认真的自己，这一刻，我对自己感到厌恶。

“……所以，变得很讨厌猫了？”

“猫会抓破墙纸。”

“不是这个问题吧。”

“半夜里会叫，影响他人。”

“……好吧，都行。”

老头和我，完全是相反类型的人。可是，在本质上说不定意外地相似。

“你不喜欢猫，却利用猫来检查住户偷养的猫，不觉得很奇怪吗？”

老头不回答。

“为什么总是租那只猫呢？”

兜了一圈，又回到了原来的那个问题。

“不是那只猫不行吗？”

老头依然保持沉默。

真拿他没办法，这个死老头。我心里想着不管他了，准备回家。最后我又看了一眼神龛里的照片，突然想起了有件事忘了问老头。

“结果，那只小猫也一起烧死了吗？”

老头终于开了口。

“逃了。”

“啊？！”

“它自己老早就逃了出去……第二天早上又回来了……”

“什么呀！胡说！”

此时，我感到自己想捏住那猫的脖子，想吼它——就因为你小子，这一家人都死了。

“……你怎么样了？”

“什么怎么样？”

“就是问，这只蠢猫，你把它杀了吗？”

“不能这么说。”老头严厉地反驳道，“这可是我孙女喜欢的猫啊。”

“……你养它了？”

“稍稍养了一段时间。可是，一看见它，就想起儿子和孙女，后来给了一个熟人。”

“然后呢？”

“有时，也会回家来。”

“啊？”

“孙女们也许想见它，所以每月让它回家一次。”

那么？

也，就，是，说——？

那只蠢猫——‘杂’就是——？

是这么回事吧——？

是吧——？

是，的，吧——？

背景音乐没有响起来。

取而代之的是孤零零一个人坐在小矮桌前的老头，突然他看上去很渺小。

听了我的汇报，“原来如此。”悦子深深地点了下头。

“跟你没有关系的事，你在那儿认同些什么呢？”

“可是，‘杂’如果是房东家原来养的猫，那么很多事都说得通了。”

“是吗？”

“作为‘杂’来说，那儿是它自己的家。如果那里住了其他的猫，它当然是要叫的，因为领地被侵犯了呀。”

“嗯，对，是这样。还有，盯着小拓攻击，大概也是因为你身上有家的味道吧？”

“哎呀，我好厉害哦，你不觉得我现在有点像片平渚或者真野梓①？”

“那，我是船越英一郎②了吗？”我笑着开玩笑。

“哈哈哈，好玩，好玩！”悦子用蹩脚的关西话说道，然后马上又一脸认真起来。

---

① 片平渚、真野梓：日本女演员。片平渚曾出演侦探剧《女警女警》，真野梓在2017年出演侦探剧《刑事纯情派》中的警探。

② 船越英一郎：日本男演员，出演多部侦探剧，在日本影视界有“侦探的帝王”之称。

“‘杂’的脾气那么暴躁，我觉得也可以理解啊。猫仔的时候就有那样的经历，我想是会在各个方面有影响的。”

“它是猫，可却是‘虎马’①？”

悦子无语地敲了下我的脑袋。

为什么我这个人说不了三句话就会油嘴滑舌起来呢？为什么一直逃避认认真真呢？

悦子撇开我，转头去看在屋角陪着“可爱”玩耍的“杂”。

“……‘杂’遇到‘可爱’，大概想起来自己是猫仔时候的事了吧。”悦子自言自语地说道。

“杂”住了三天两晚，除了在我身上留下的无数爪痕以外，总算太平无事地度过了。

“这样差不多了吧？‘杂’下次即使闻到‘可爱’的气味，应该也不会叫了。”

悦子放下心来，着手准备带着“可爱”搬到我那里住。

“那我把‘杂’送回去。”

“嗯，拜托了。”

---

① 虎马，日语罗马字母为“torauma”，和心理创伤的英语“psycholofical trauma”中的“trauma”日语发音相同。

把“杂”放进笼子的时候，手背又被抓了一下。可是我想想就算了，毕竟它经历了很多苦难。这么想着，一开始相处时的愤怒渐渐烟消云散了。

关上了笼子的盖子。

就在此时，“可爱”叫了起来，细细的声音：“喵——”好像舍不得“杂”的离开。

我和悦子互相看了看对方。

“……嗯，虽然我完全不清楚猫的事情，可是，‘可爱’会不会记住‘杂’的味道？”

“记住了……吧，这三天。”

“那么，以后闻到这个味道，你觉得它会怎样？”

“叫起来……就像现在这样。”

此时，悦子和我异口同声地喊起来：“完蛋了！”

可是，已经晚了，无论如何，时间无法倒流。

“算了，被房东发现的时候，再想办法。应该没事的，应该没事的。”悦子与其说是在安慰我，不如说是在安慰她自己。

“而且，‘可爱’说不定也不叫。嗯，我感觉它不会叫。没问题，它不叫。”我坚定地说道。

在正经的成年人眼里，我俩大概是乐观到令人恼怒了吧。

可是，与悦子相比，我更是个异想天开的人。这一点，我自己也知道。

就这样，悦子和“可爱”在我的公寓里的生活开始了。

然后，到了星期六——房东老头租“杂”的日子——“杂”回家的日子。

我们在房间里屏声敛气，希望能够通过老头的宠物检查。不巧的是，“可爱”吃了午饭，这时开始迷迷糊糊想睡觉了。

这样，说不定能蒙混过关。我寻思道。

走廊里传来老头的脚步声。慢慢地，没有节奏感的脚步声——年轻人和老年人，在这种细微之处也是不同的。

马上就到门口了，马上，马上——到了。

脚步声停了下来。

“杂”没有叫。

“耶!”就在我和悦子摆出剪刀手的那一瞬间。

“喵——”

“可爱”叫了起来。

“笨蛋!”我慌慌张张地拉了条浴巾把可爱罩进去。

悦子也抚摸着“可爱”的后背，想安抚它。

可是，“可爱”喵喵地叫个不停。如泣如诉的叫声，如同被抛弃的猫仔在寻求“杂”这个冷淡的大朋友的帮助。

叫声不停。声音从浴巾下面钻出来，朝着门口，飞一般地传过去。

“可爱”继续叫着。“嗷呜，嗷呜，嗷呜，嗷呜……”甚至在门上抓起来。

“杂”没有反应。不知道是理解我们的处境，还是只是冷漠，总之“杂”没有发出任何声音。

“嗷呜，嗷呜，呜啊——”

“可爱”的叫声渐渐地混浊起来，它像是要把门推开般，使劲地挤着门，叫个不停。

悦子站了起来。

她用眼睛看着我，眼神似乎示意了一下，便无奈地笑了笑，朝门口走去。

悦子打开了门。

老头正抱着“杂”站在门口。

因为背着阳光，从屋里看过去，一时间看不清老头脸上的表情。

老头沉默着，把“杂”放了下来。“可爱”开心地冲上去。“杂”一如之前那样没有叫，它任凭“可爱”爬上后背，钻到腹部下面。它一如既往地没有表情，眼睛盯着某个地方。

我把悦子拉回来，自己站到走廊上，和老头面对着面。

“……对不起。我养了猫。”

我低下头道歉。

做好了被责难的准备。心想着这种场面下自己不做好准备也不行啊。突然，十分微妙的，对这个“不做好准备也不行”的自己，我开始暗暗感到有点高兴。

老头目不转睛地瞪着我，然后看了一眼悦子，最后目光转向了在脚边玩着的“杂”和“可爱”。

“傍晚的时候，我来接它。”老头用很低的声音说道。

“‘接它’，哎？”

“这两只猫，让它们玩一会儿。”老头又说了一句。

我呆住了，悦子代替我深深地弯下身子鞠了个躬：“非常感谢！”

“那是说……这个……猫，可以养吗？”

刹那间，我满心期待着，可是立刻被老头打断：“禁止养宠物！”

“……还是这样啊。”

“不然就搬出去。”

我默默地咬住嘴唇。

老头接着说：“学会独立，好好工作，存好钱后，给我搬出去。”

说完，他转身离开。

反正此时无论我说什么，大概老头也不会回头搭理的。我只能默默地目送他离开。

老头慢慢地走着。那个背影，一会儿看上去很巨大，一会儿又很渺小，变大，缩小……我，此刻，哭了……

踏上征途的毛毯猫

1

虎猫从一开始就有一种不祥的预感。作为出租猫，干了六年的工作，这方面的感觉被磨炼得还是相当灵敏的。

从栅栏里被移放进笼子，连笼子一起被放在柜台上，再到盖子慢慢地被打开，和三天两夜的主人初次见面——这一瞬间，不好的预感浮上心头。

主人是一位散发着浓浓香水味道的美女，而且留着长长指甲的手指上有一枚巨大的戒指。

"美短①，是这样的吗？"

美女的声音里流露出失望。

虎猫的预感应验了。虎猫自己也是知道的。通常人们所说的美国短毛猫的主流是银色标准斑——和银色"底"毛上有醒目的黑色条纹的同类相比，自己的棕色标准斑只能给人不起眼的印象。自己在出售的期间没有成功卖出去，很可能原因也在此。

可是，虎猫有成为毛毯猫的超凡潜质。

因为在它看来，人类并不是什么了不起的家伙。

从自己还是猫仔的时候开始，虎猫就这么想了。虎猫脑子聪明，性格淡泊冷静。因此从来没有发生过爱上三天两夜的主人以至于难分难舍的事。人类喜欢的举动，虎猫知道得一清二楚，也明白因为工作的原因，必须适当地表演一下亲热。

这个工作，换句话可以叫"过家家"。在三天两夜中，客人享受着自己家里有宠物猫的生活，它自己则在这个短暂的期间享受宠物猫唯我独尊的特权。所以，所谓工作不过就是这么一回事罢了。当然工作环境的变化会带来精神上的压力，碰到不着调的客人时也会很辛苦。可是，欲望是永无止境的，那些宠物店里卖不

① 美国短毛猫的略称。

出去的动物们的结局……虽然谁都没有明说过，但虎猫基本上可以想象得到。

咱们还是运气很好的。把这份幸运作为幸福来接受就好。干好被指派的工作，就不愁吃不愁住了。这样就好，只要这样就好，不可期望太高。人类也是，随着人类的需要去到各处的毛毯猫也是如此，都不可期望太高。

“没有其他颜色的吗？”美女嘴里吧唧吧唧地嚼着口香糖说着。

就在上个月，虎猫有个小伙伴因为不小心吃下了嚼完的口香糖，结果大便在肚子里堵住了，生不如死。

这是一个差劲的主人，虎猫感到自己会遭到匪夷所思的敷衍对待。比如，主人在干燥的猫食上浇点牛奶，被强迫洗澡，自己洗完澡还要被吹风机的热风至近距离地吹干……

其实银色标准斑的小伙伴有是有的，可是它上周开始有点感冒，现在身体还不太舒适。店主肯定不想把它租出去，而且如果被这个主人饲养，小伙伴发生任何不测也是极有可能的。与其让生病的小伙伴被带走，不如自己干净利索地把事情搞定。

虎猫抬起脸，看着美女顾客。正好美女的身体像屏风那样挡住了阳光。如果阳光耀眼就只能眯起眼睛了，可是虎猫知道人类更喜欢猫在略微幽暗处圆睁双眼的模样。

它竖起尾巴，磨蹭美女的身体，轻轻地叫一声。

“这讨厌鬼，已经跟我亲热起来了。”美女高兴地笑了起来。

到底是店主，马上附和说道：“它是个黏人的小家伙。”美女认同地连连点头。

“好吧，它已经这么黏我了……”

店主脸上微妙地有些担心的神色，虎猫又积极地叫了一声，店主这才接过了美人递还的租猫申请表，说道：“请多多关照。”

虎猫机灵地躲开了想要把它抱起来的美女的双手，自己钻进了笼子。

“哇，好厉害，自己会进去的啊!”

“这小家伙很聪明的。”

没错，虎猫在毛毯猫里也是出类拔萃的。

其实，坦白说，虎猫有时会想，自己究竟是为什么而活着的呢。虽然通常总是酷酷地，得心应手地干着毛毯猫的活儿，可偶尔心头也会掠过一丝阴影，嘴里会漏出一声叹息。

这类不是靠脑子思考出来的疑问，而是从更深处，心灵，或者身体而来，总之就是从自我深处传出来的声音。

“这样好吗?”内心里有一个声音会问道。

“像这样活下去真的好吗?”

“不要忘记。不要忘记你的使命。”也不知道是谁的声音，有时这声音也这样说。

当然，虎猫很清楚这个所谓的“使命”指的绝对不是对着三天两夜的主人撒娇。

猫的六岁，相当于人类的四十岁。步入中年，已不再年轻。此时是来到了人生的转折点之时，也是回顾自己走过的路的时候。

好，干得好。能这样挺胸向前的人屈指可数。大多数的人只是叹息着回首往事而垂头丧气，再也没有勇气站起来的人也不是没有。这就是所谓的中年危机。

虎猫似乎也陷入了这样的一个泥潭。

美女离开宠物店，把笼子放在副驾驶座上，开车驶上公路。笼子上带有让安全带穿过的环扣，可是连自己的安全带都不系的美女，根本不会有找这种装置的念头。

晃荡，跳跃。车载音响的重低音使笼子震颤着。车窗大概略微开着，呼呼的风声，在笼子里回荡成呼啸之声。

虎猫脸颊贴着毛毯，闭上眼睛，默默地忍耐。在毛毯猫必备的适应能力——忍耐和顽强这点上，虎猫也是优秀的。对于一般的辛劳，虎猫大体都能够承受，无论寒暑，它都能吃好、拉好、睡好且从来没生过病，受伤时也恢复迅速，年轻时打架更是屡战屡胜。

“被租来租去受点宠爱，对你来说真是大材小用了。”店主时不时这样对虎猫说。

每当那个时候，虎猫总是苦笑着想，猫被当作宠物受宠不是天经地义的嘛，被客人宠爱就是我们的工作，除此以外还有什么？

可是，最近虎猫的想法变了。

自我的深处，再深处。遥远的，遥远的，更加遥远的记忆，最近隐隐约约地苏醒过来。

摇晃着，就像现在这样。不对，比现在更加激烈的摇晃，甚至是四脚抓地都站不稳的地步。

昏暗，气味难闻，有铁锈味，霉味，灰尘味……还有一个咸咸苦苦的味道，这是什么东西的味道呢……

虎猫也能分辨出危险的味道，周围充满这种味道时就是表示情况不妙。可是，不可思议的是，这种危险的味道却令虎猫觉得怀念。

车开上了一个陡坡，在陡坡的顶端车速稍稍放慢了，然后“吱”的一声又瞬间加速。

这是上高速公路了。因为惯性，虎猫被抛到笼子的角落里。

关在笼子里的移动时间最多持续三十分钟，如果需要更长时间，每三十分钟要让猫休息五分钟。尽量不要在对猫造成身体负担的高速公路上行驶——店主说的这些注意事项，美女貌似全都不放在心上。

虎猫钻进毛毯，又闭上眼睛。这种时候睡觉是最好的办法。与精力过剩的年轻时候相比，虎猫现在迷迷糊糊打瞌睡的时候多了起来，以后年纪越来越大，打瞌睡的时间肯定会更长。

其实这也不坏，比起酣然入睡，半睡半醒更适合自己。这也是虎猫到中年之后才发现的秘密。

在暖洋洋的猫窝里贪婪酣睡是错误的，必须要提高警惕，稍微有点风吹草动就应该立刻展开触须。虎猫最近经常这么想，这么提醒自己。

对，这样才是真正的你——

虎猫又听到这个声音了。

都忘了吗——？

声音在自己的身体里回荡。

可是，真正的自己，究竟是怎样的呢？

轮胎“吱吱”地呻吟着，车子被粗暴地改变了车道，紧接着是一个大转弯。

笼子的盖子被弹力掀开，粗心的美女连锁上盖子这件事也忘了。

盖子马上又合上了，可是掀开的那一瞬间，和午后洒进的刺眼阳光一样，此时风也吹了进来。

——有一股味道。

虎猫感到很熟悉可又不知道是什么。

车停了下来，引擎也关了。“啊，渴死了！”美女说着，独自下车去了。

宠物店店主给的一套物品里，有猫食和猫厕所等。可美女连看也不看一眼就离开了。

真是毫无办法，这样看来，这次可真是性命攸关的差事。虎猫只好自己用脑袋顶开盖子。先探出脑袋。确认没事后从笼子里蹿出来。它伸展了一下身子，整理了一下毛发——哎？又闻到了那个味道。

原来是这里啊。看向窗外的虎猫明白了。

大海！车停在海底隧道和海上大桥衔接处的休息区，熟悉的味道原来来自海潮。

年轻的时候，虎猫有过几次被客人带着去海边的经历，可最近好久都没有去了。所以闻到以前熟悉的味道一时却想不起来。可是，以前闻到这个味道时，并没有像现在这样感到怀念，当时作为毛毯猫的日子悠悠而逝，海潮的气味也只是飘过虎猫鼻尖的“过客”而已。

可是，现在不同了。虎猫像是受到呼唤般跳跃到驾驶席，把鼻子凑近车窗开着的那条缝。它深深地呼吸，海潮的气味从鼻子流入胸膛的深处。

——对。听到声音了。

我们经历了跨越海洋的漫长旅途。不要忘记！我们守护漂洋过海的旅人。努力回忆！我们沿着荒野向西挺进。我们陪伴天真烂漫的幼儿，翻山越岭，横渡河流，穿越风沙，在湖边等待黎明。

你，是我们的后代。

虎猫激动地跳起来，坐立不安，和年轻时喜欢冒险捣蛋的激动有些相似。那时跨出一步就会踏上一个发现新大陆的征途，可现在则是相反，正朝着往昔自己所在的原点——自己应去的真正的归宿前进。

美女手里拿着一瓶饮料走了回来。虎猫听到声响，立刻躲藏到驾驶席的座位下面。车门被美女打开，一阵浓烈的海潮气味朝它扑面而来，似乎在拥抱虎猫。

此时虎猫一跃而出。

“等下！讨厌！怎么回事?!”

对于美女的哀叫声无动于衷，虎猫一溜烟地逃走了。开始踏上了中年毛毯猫寻找自我的征途。

2

跑到离汽车足够远以后，虎猫停下了脚步，开始充分利用灵敏的嗅觉探察周围。此时，虎猫的目光停在旁边的一辆小型货车上。货车司机正要坐进驾驶室。货车的车斗不是集装箱，而是装了帆布的篷车，更巧的是帆布车篷的门是敞开着的。

虎猫跳上引擎已发动、车体在颤动的货车。虽然没能一跃而上，毕竟力量和年轻时已不可同日而语，但是它抓住了车牌上方的踩板，手脚并用，爬进了货仓。刚一进入，货车立刻就被开动了。

因为车篷的缘故，货仓里光线昏暗。堆着的货物全部是纸板箱，也并不是塞得很满，感觉找个藏身的地方应该不是问题。

虎猫耐心等着货车开上高速公路并且速度稳定下来后，朝货仓的里面钻了进去。奇怪的是在纸板箱的缝隙里透过来一线亮光。

虎猫停下脚步，屏声敛息以便随机应变。原来光线来自纸板箱垒成的墙壁后面。之前以为纸板箱连着堆到最深处，看起来并非如此，深处说不定是空着的。

虎猫伏低身体，慢慢地朝里面走去。全部的触须都伸展开来，尾巴变粗，表现出久违的紧张感。不对，这个熟悉的感觉是从比自身深处更深的地方涌上来的，从虎猫降生之前——很久很久以前……

在快要到车壁的时候，虎猫发现了一条横向的通道，不是堆放纸板箱时偶然形成的，明显是故意作为通道留出来的空间。虽然满腹狐疑，可虎猫还是沿着那条通道，身体伏低，几乎是匍匐向前。从堆着的纸板箱缝隙里，光线一闪一闪地射过来。作为照明，位置非常低，亮度也很弱，以不同于货车的震动频率，似乎是非常怯弱地在摇晃着。

到了通道的尽头。触须比眼睛更早地告诉虎猫——前面很宽敞。

就在那时，光线直直地向虎猫照射过来，虎猫一刹那被耀眼的光怔住。此时，出现了一个人类的声音："小猫咪！"

这是一个小女孩的声音。

虎猫慌忙沿原路逃跑，躲进了人类进不来的狭小空隙里。

“哥哥，是只小猫咪！刚才有只小猫咪！”

“嘘！惠水，别吵。”

这次是个男孩的声音。

“可刚才有只小猫咪……”

“知道，我也看见了。”

“怎么会有小猫咪的呢？”

“我怎么知道？”

“是不是刚才停着的时候上来的呢？”

“不知道……”

小女孩惠水的声音像在公园里玩的孩子那样充满着生气，可男孩的声音却冷冰冰的。

小女孩挥动着手上的手电筒，嘴里学着猫叫呼唤着虎猫：“喵——喵——”“小猫咪，你在哪里？你躲到哪里去了？出来吧，喵——”

啊，是个好孩子。虎猫能分辨出来，那么多年的作为出租猫的工作可不是白干的。虎猫听过太多的花语巧嘴，背后是真心还是假意，虎猫是听得出来的。

没问题，这个声音是真心的，是真心地想和猫成为朋友的声音。说话还有些咬舌，大概小学一年级左右……说不定还更小一点。

“惠水，不是说了叫你别吵！”

“可是……”

“你不怕我们被发现吗？你被抓到，哥哥可不管你的哦。”

哥哥从刚才开始一直怒气冲冲的。

哥哥的声音其实比妹妹的声音还大。在这种情况下，人类实在是很傻的。虎猫想着，苦笑起来。

不过，虎猫听得出来哥哥的声音也不只是包含着怒气，而是一种带有肩负责任的指挥者的声音，是一种带着自己必须要保护好妹妹的责任的声音。而且，对于妹妹天真烂漫的声音和哥哥充满紧张的声音，虎猫都觉得不可思议的熟悉。

堆到接近车篷顶的纸板箱之间稍稍地有些参差不齐，虎猫将之当成楼梯，爬到了最上面。悄悄地朝下张望，兄妹俩所在的纸板箱墙壁那一边，宽敞得像个广场，足够两个孩子躺下来。

角落里，两个背包靠在一起放着。

努力回忆！

那个声音又响起来了。

我们和旅人同在——

你是我们的后代——

虎猫腾空而起，与其说是出于自己意志的选择，更多的是倾听了自己内心声音的引领，它从纸板箱墙壁顶端跳落到地上。

不再是年轻时的美妙身姿，而且虎猫最近有点忌讳从猫攀爬架的最高处一跃而下。可是，它还是跳了，在半空中翻了一个身，肉垫虽然比以前瘪了不少，可还是在着地时起到了缓冲作用，撑住了身体。

“哇！哥哥！看啊！小猫咪它又来了！”惠水欢呼起来。

“嘿嘿。”虎猫不好意思地笑着发出了声。被表扬而感到不好意思，回想起来这个感觉也是久违了。

惠水伸手抚摸起虎猫的后背。惠水肯定从来没有养过猫，手指战战兢兢的，可是嘴里像唱歌似的说着“小猫咪，小猫咪”。声音是那么柔和、那么温暖，简直就像是和青梅竹马的小伙伴重逢一样。

惠水大概很寂寞。

大概一直很害怕。

这两个孩子并不是在玩躲猫猫。虎猫很清楚这点。

可能是，离家出走。

但是——为什么呢？

虎猫轻轻地叫了一声，离开了惠水。凑近了背靠纸板箱坐着的哥哥，用脸颊蹭蹭哥哥的腿。哥哥穿着短裤、短袜、帆布鞋，一身在家里附近和同学一起玩耍时的打扮。衣服上还稍稍能闻出洗衣粉的味道，可见离家出走还没有多长时间。

哥哥看了虎猫一眼，不高兴地说道：“去，一边去。”他没有伸手抚摸虎猫，反而啃起了指甲，看起来心神不宁。

背包上挂着名字牌“SATORU”——原来哥哥叫小聪。

小聪眼睛盯着手电筒光线照不到的暗处，专心地想着什么。即使在昏暗中，从他的侧脸上也能看出心里的不安和后悔。

“跑一边去，你好烦。”小聪移动了一下脚，把背冲着惠水和虎猫。

可是虎猫不离开小聪的脚边。它不是自己想要这样，而是自然而然地，仿佛不离开是理所当然的事。怎么会这样呢？虎猫自己也不明白，自己的身体和自己的心思好像不受自己控制。

“哥哥，这个小猫咪，是什么猫？”

小聪听到惠水的问题后重新看了一眼虎猫，说：“美短，美国短毛猫。”

“是美国的小猫咪？”

“当初是的。”

小男孩知道得好多啊！虎猫心里感叹着。自己是不起眼的棕色底斑纹，可小聪一眼就看出来，说不定，小聪其实是个很喜欢猫的孩子呢。

“啊，不过，最初不是美国。”小聪说道。

“是吗？”不仅惠水，连虎猫自己，如果虎猫会说人类的语言的话，也会这么问出声。

“最初是英国的猫。”

虎猫还是第一次听说。宠物店里专职交配的肥猫恰恰，总是一副我是大王的模样。它好像就是英国短毛猫，恰恰精力异常旺盛，就凭着这一点，不停地换着苏格兰折耳雌猫当配偶。我原来和它是同乡？

“那为什么叫美国短毛猫呢？”

惠水好奇地问。小聪回答：“美国这个国家，是英国人建立的。英国人航海越过很宽很大的大西洋，搬家去了美国。”

“是吗？”惠水感叹道。

虎猫仿佛也和惠水一般异口同声地叫了一声。

“搬家时从英国一起带去的猫，就是美国短毛猫的祖先。”

“是宠物吗？”

“不算宠物，更像是伙伴。保护船上的粮食不被老鼠吃掉，登上了美洲大陆以后，保护人类不受蛇、蜘蛛以及其他有害动物的伤害。”

“真厉害！”

惠水吃惊地把眼睛瞪得圆圆的。

虎猫在一旁也鼓起了腮帮子。

是这样啊。终于明白了，记忆里那熟悉的味道原来是大西洋海潮的气味。

自己的心灵还是身体深处传来的声音，原来来自坐船漂洋过海的先祖。

对。

虎猫又听见声音了。

我们是旅人的伙伴，与开拓者们一起在没有路的地方走出了路。强健的四肢，宽阔的下颌，粗粗的脖子，硕大的脑袋，厚厚的胸板，勇敢的性格……都是在荒野里孕育，在一无所有的拓荒地锻炼出来的。

你是我们的后代。

“你真厉害哦，小猫咪。”

惠水蹲到虎猫的跟前，又伸手抚摸它的后背。

后背也不错，可还有更喜欢被摸的地方！虎猫伸出脖子。小聪则伸出了手来挠虎猫的喉咙处。

小聪的手指很灵巧，知道猫喜欢哪里被挠，也知道该怎样挠。他俩是兄妹，怎么会呢？

不明白的事还很多。

虎猫被小聪挠着下巴，被惠水抚摸着后背，闭上眼睛，喉咙里发出满足的呜呜声。

“哥哥，小猫咪好像很开心的样子。”

“嗯……”

“小猫咪好可爱！”

惠水高兴地说，可是小聪却默默地收回了手。

“怎么了？”

“不可爱。”

他转过脸去说道：“下一次停车休息的时候，就把这猫扔了。”

“哎？那猫咪太可怜了！”

“没什么可怜的，反正它也是自己跑来的。”

“可是……”

“猫很讨厌的。任性，还会抓人，会调皮捣蛋，还会掉很多毛，猫尿猫屎很臭。反正猫最糟糕了。”

被人说这么多坏话，可虎猫意外地并不生气。虎猫听出了小聪说这么多坏话背后的悲哀。

惠水还在哀求着：“可是……还是不要扔掉它，好吗？”

“它好麻烦的。”

“可是，不能扔。”

声音颤抖起来，抚摸虎猫后背的手也停了下来。

“这个猫咪，如果把它扔了……就和我们一样了……”

“不一样！”

“和我们一点都不一样！”小聪叫了起来，后背对着惠水，冲着黑暗大吼。

好悲哀的声音。虎猫想道。小聪的声音，惠水的声音，都好悲哀。

作为一只出租猫，去过数不清的家庭，和这俩兄妹年纪相仿的孩子也见过很多，可用这样悲哀的声音说话的孩子，虎猫还是头一次遇见。

“是我们把那家伙扔了。”

小聪冲着黑暗说，“我和惠水，是我们把那家伙扔掉了。”听上去更像是说给他自己听似的。

那家伙？

对虎猫而言，又来了一个听不懂的词。

惠水没有回答，又开始抚摸起虎猫的后背。小小的手一次又一次地滑过虎猫的后背。

一阵沉默后，小聪小声地说：“对不起……猫，我不会扔的。”

因为背对着自己，虎猫看不见小聪的表情。

可是，它确确实实听得出，小聪的声音里带着悲哀。

3

货车在高速公路上奔驰。

虎猫坐在惠水的膝盖上，这是它工作时也很少给予人的特别待遇。

“这只猫跟人很熟。”小聪态度里的冷淡渐渐变少了。

“它是不是被主人扔了？”

“它是自己逃出来的。”

“是吗？”

“嗯，绝对是的。你看，这家伙的脸上，完全没有害怕的样子，也没有寂寞。”

相当敏锐啊！虎猫心想。虽然“这家伙”的称呼有点无礼，不过姑且看成是表扬，就原谅了小聪。

“美短是个性坚强的猫，身体也很强壮，就算孤身只剩自己也能满不在乎地活下去。”

“玛珑呢？玛珑是怎样的猫？”

“玛珑是杂种猫……嗯，是只爱撒娇的猫。”

“玛珑跟妈妈也撒娇吗？”

“跟谁都撒娇。”

“跟我也撒娇吗？”

“嗯，也撒娇的，冲着惠水说‘给我吃点，给我吃点’。”

小聪一副开玩笑的样子，惠水笑着说：“哎呀，讨厌。”然后又喃喃地说：“不过真想见见玛珑啊……”

“没办法啊，我生下来的时候，玛珑已经是老奶奶了。”

“妈妈再养一只新的猫就好了。”

“妈妈说玛珑还活在记忆里，养别的猫会很伤心。”

原来如此。虎猫暗自点头。怪不得小聪哄猫的手法如此娴熟，原来在惠水出生前，家里曾经有一只叫玛珑的猫，玛珑肯定受到了全家人的宠爱。

“妈妈，现在是不是也很伤心？”

“为了玛珑？”

“不是……为了我和哥哥。在那边的家里，是不是会伤心。”

那边的家？

虎猫又听不懂了。

小聪没有回答。“哥哥你说呢？”惠水催促道，小聪还是不回答。

“哥哥！……”

“惠水。”

“什么？”

“我们吃点零食吧。”

小聪把背包拖过来，从里面拿出零食。

“零食可以给猫吃吗？”惠水问，声音里带着雀跃。妈妈的话题留在空气中——没有被遗忘，只不过假装被忘记了而已，虎猫这么想的证据是惠水接过零食时，眼光避着小聪。

“给你，小猫咪。”

惠水伸出手，手心里放着零食。

这种事，原本我可是不干的，这次破例，真的哦……虎猫内心不满地叨叨着，把脸凑近惠水的手。可是，在惠水和小聪的耳朵里，虎猫的抱怨听起来是开开心心的喵喵叫声。

“咻溜。”虎猫伸出舌头把零食卷进嘴里。这是一块小鱼形状的东西，很咸，完全没有嚼劲。咬碎表层以后，里面是空心的，这令虎猫很失望。不过既然已经到了这个地步，就再舔几下吧。虎猫想着又舔了几下惠水的手心。

“好痒！呀，讨厌！”

惠水笑着赶紧收回了手，那笑脸忽明忽暗，原来是手电筒在摇晃——呃，不对，不是摇晃而是电池快要没电了，手电筒开始眨眼睛了。

“惠水，我关手电筒了哦。”

“哎！不要，黑乎乎的吓人。”

“没办法啊，到晚上如果没有手电筒，那就什么地方也去不了了。”

“不要，不要，不要。怪吓人的，哥哥，不要关。”

“怎么办啊！电池是不是很旧了。那家伙，真是太糟糕了……”

那家伙？和之前的“那家伙”是同一个人吗？

“不怕不怕，没关系的。哥哥就在这里，我拉住你的手吧。”

说着小聪拉住了惠水的手。惠水被突然用力拉住，身体失去平衡差点倒下来。坐在惠水膝盖上的虎猫，也差点掉下去，慌慌张张地重新爬上去。

怎么回事？虎猫自己也不明白。那样的话从惠水膝盖上下来就好了，惠水的膝盖很小，从刚才开始就一直趴坐得不舒服。

可是，这个念头一闪而过，虎猫马上告诫自己不可以从这里下去，因为自己发过誓不离开惠水。

对，这样做就对了。先祖的声音响起。

我们陪伴幼小的旅人，我们守护幼小的旅人，这是我们的使命。

小聪关了手电筒。

货仓里一片漆黑。虎猫感觉到惠水握紧了小聪的手。

虎猫凝视着黑暗。对于人类来说现在是一片漆黑，可猫反而觉得这才是自己的世界。

触须伸展，竖起耳朵，尾巴变粗。

如果有可疑的人物。

如果对小聪和惠水有危害的人物出现。

我就先冲上去。

虎猫喉咙里发出低低的声音，全身的毛都竖了起来。

我的爪子和牙齿，就是为了英勇斗敌而存在的。

我的无畏的精神，就是为了保护旅人而养成的。

我是曾经漂洋过海、翻山越岭的祖先的后代……

刚开始紧张得双膝微颤的惠水，眼睛渐渐习惯黑暗后，好像紧张也稍稍缓解了。

“没想到还挺亮的。”

“我说的吧。”小聪很自豪地松了一口气地笑着说，“所以我说可以关了手电筒。”

事实上，外面的光亮透过车篷，两个孩子也都能看得见纸板箱墙壁的轮廓。

对于虎猫来说，是完全能够自由自在的亮度。——没事了，没有任何可疑的征兆。

“能养这只猫就好了。”

惠水抚摸着虎猫说，这次不是后背，而是学着哥哥的样子，轻轻地挠着虎猫喉咙下方。——对了对了，这里，就是这里。虎猫应和着喉咙里发出低鸣。

小聪叹了口气，说：“这个不可能，那家伙讨厌猫的。”

又一次出现了“那家伙”。

“是吗？”

“……肯定讨厌。”

“可是前几天电视的广告里有一只猫的时候，新妈妈说‘好可爱’。”

新妈妈？虎猫听了心中纳闷着。

“不是叫你不要那么叫她！”小聪又生气了。

“……对不起……是要叫，妈妈。”

“不是！”小聪怒吼道，恼火地咂了下舌头说，“妈妈只有一个！”

“可是……不叫妈妈的话，要被爸爸骂的……”

“骂就骂，她根本就不是妈妈，她是个假的妈妈。”

“不是吗？”小聪又很快地接着说，“生了我和惠水的是妈妈，又不是那家伙，所以，那家伙是不能代替妈妈的。”

原来如此。这么说，事情应该是……

趁着惠水的手放下来的那一刹那，虎猫跳下了惠水的膝盖，爬到了纸板箱墙壁的最高处，慢慢地梳理起自己的毛。想要好好考虑事情的时候，虎猫有待在高处的习惯。

对虎猫而言，小聪嘴里的“那家伙”，现在基本上明白了。当然两个人坐上这辆货车的理由也大致可以猜到了。

人类的心灵有时真是相当的脆弱。虎猫想着。在猫的世界里，也有永远长不大一直依赖着毛毯的家伙，也有在怀里摸索着找奶吃的家伙，但这些和人类对于母亲的执着相比，好像有些不同。

虎猫已经不记得自己的母亲了。自己好像也有几个兄弟姐妹，可也不记得它们了。虎猫大概三个月大的时候被从育猫的猫舍送到宠物店，店主和店员给了它无微不至的照顾，但他们不是“妈妈”。自己没能作为宠物被卖出去，而是作为出租猫继续留在宠物店，和毛毯一起这里那里地重复着三天两晚的旅行……虎猫也不打算把众多长相和气味都不记得的客人叫作“妈妈”。到目前为止没有母亲，从今往后也没有母亲，绝对地。

喂，小聪。

听我说，惠水。

如果能够说人类的语言，虎猫想对他们这样说。

大家都是独自一人的，独自一人活在这个世上。人生是一段很长很长的旅行，这段旅行，也是独自一人的旅行。好友，夫妻，父母，无论与哪个都有分离的那一天。所以，“妈妈”是真的或假的，新的或旧的，都不是什么重要的事情。嗯，从刚才开始一直握着手的你们俩，有一天也会各奔东西……

哎？

虎猫努力地眨眨眼睛。慌慌张张地开始整理自己前肢的毛，让自己冷静下来。

刚才是怎么了？怎么回事？

虎猫突然感到悲从中来，胸口发热，好像被什么东西拽紧了一般地疼，虎猫的耳朵软软地耷拉下来。

这时，货车突然减速。在还来不及想明白是怎么回事时，货车拐了一个大弯停了下来。然后马上又开动了。

“下高速了。”小聪说道。

“到了吗？妈妈的家到了吗？”

小聪对惠水的提问充耳不闻，打开了手电筒。

“惠水，把背包背上。”

“哎？”

“遇到红绿灯车停下时，我们下去。”小聪迅速地弯下腰，背上了自己的背包。

小聪从货仓口朝外偷偷地张望。

“看见什么了？这是哪儿？”

惠水从小聪的背后张望着，虎猫也来到了惠水的脚边。小聪并没有说要带上猫，虎猫自己也不知道接下去要怎么办了。

可是，当小聪卷起车篷，外面开阔的视野映入虎猫眼帘时，虎猫明白了。

啊！是这样啊。

虎猫眼前是一片围海造地的区域，还没有形成“城市”的荒野一般的土地，沐浴着午后的斜阳。远近有几个孤零零的建材储存处和仓库，然后，尽猫眼所及，是一片荒草萋萋的空地。

我们，很久很久以前，就是在这样的风景里跋涉。

虎猫脑海里浮现的不是“我”而是“我们”。

我们和在荒野里跋涉的旅人同甘共苦。

似乎虎猫听见的不是那个不明正身的声音，而是虎猫自己的声音。

货车停了下来。

“红绿灯？”惠水问。

小聪回答：“嘘——！”手指竖在嘴唇前面，身体前屈，屏气静息。

不是红绿灯。从车上下来的司机嘴里自言自语着：“呃，小便小便！”然后走向马路边上，拉开了工作裤的拉链。

小聪回过头对惠水说：“下车喽。”

“在这里？”

“到了市内，下车时说不定会被人看见啊。”

“可是……”

“没关系，你看着啊，哥哥先下去。”

小聪手脚利索地攀着货仓的后架，下到了地面，非常成功。吹着口哨站着小便的司机完全没有注意到。风很大，吹得车篷啪啪作响，这无疑掩盖了小聪的动静。

“好，惠水，到你下了。”

“我害怕……”

“不要怕，哥哥会在下面接住你的。快，加油！”小聪张开双臂准备好抱住惠水。

可是，惠水从货仓口只伸出了一只脚就吓得不动了。“赶快，快点！”小聪在下面做着手势并说道，可惠水依旧无法做到，感觉快要哭起来了。

司机的口哨声停了下来，小便完了。

没有时间了。

“快快快！”小聪的脸都急得变形了，“哥哥在这里，没有事的，赶快跳下来！”

虎猫用后腿站立，伸展身体，抓了抓惠水身后的背包。

惠水回过头来，虎猫跳上背包，抓了一下背包。

小聪看到了，做着手势叫惠水先把背包扔下去，尽量减轻身上的负担。

惠水恍然大悟地把背包从背后放下来。把背包叼起来的是虎猫，虎猫咬住背带，这点重量对虎猫来说完全不成问题，虎猫有强壮的下颚，不会输给任何其他的猫。此时虎猫想起自己的祖先在荒野里大概也是靠着强壮的下颚，捕捉野耗子或野兔子，把猎物带给旅人。

虎猫叼着背包来到货仓口，前肢攀着车缘，把背包扔给了下面的小聪。小聪一把接住，开始还对虎猫的举动感到惊讶，接住背包抱在怀里，不由得对虎猫赞赏地笑了。

陪伴旅人，原来指的是这回事啊。虎猫也欢欣鼓舞起来，猫不是只会被宠的，也是于人有帮助的。工作猫！这才是真正的自己！先祖们大展身手的时代至今已相隔了非常久远的岁月，可是自己的身体里绵绵流动着美国短毛猫的血液，这血液中仍然留有先祖们的基因。

不对，现在可不是大发感慨的时候。

货车摇晃了一下，司机坐回到货车，开门，关门。引擎一直没有停，解除手刹，踩下离合器，那一瞬——这对兄妹就要被拆散了。

虎猫盯住惠水的眼睛，虎猫相信虽然自己不会说人类的语言，可是自己的真心一定能够传达给人类。

惠水，看好，要这样。

对虎猫来说，这点高度根本不算什么，一跳肯定能稳稳着地。即使不跳，头朝下地垂直从货仓口掉下去，也肯定不会有什么问题。可是，虎猫故意抓着货仓口，慢慢向下，脚先着地，身体力行地演示给惠水看。

看着虎猫，惠水咽了一下口水，点点头，学着虎猫的样子，转过身，面对着货仓，慎重地伸出脚，脚尖踩住围着货仓突起的架子上。很好！虎猫在地面上凝视着惠水，万一惠水中途踩空掉下来的话，万一小聪没能接住惠水的话，自己随时准备冲到惠水和地面之间起到垫子的作用。

如果身体更大一些的话就能接住惠水了，可是现在想这个已经来不及了。不管三七二十一，先垫一下再说，哪怕被惠水压扁了，也行。这多少能起到一些缓冲的作用，能让惠水少受一点伤吧。

我自己没有事的，是的，我不怕。粗胳膊粗腿，身体肥胖，就是为了这一刻吧。厚厚茸茸的毛，就是为了此时派上用场吧。我的骨头肯定很硬朗的，从还是猫仔的时候开始吃的那么多小鱼干，也是为今天、现在、这个瞬间做的准备吧……

惠水的身体一点一点地接近地面。

“对，就是这样，干得好！”小聪小声地鼓励着惠水。

货车又摇晃起来，传来解除手刹的声音。

还差一点点。再一点点。加油，加油，赶快，别慌。

在惠水的手放开货车的那一刹那，货车开动了。

小聪张开双臂紧紧地抱住了惠水。

4

在填海造地而形成的荒野上，年幼的兄妹和一只猫步行着。

一开始精神抖擞，渐渐地步履沉重。

从高速公路出口延伸出来的路，离商业住宅区还很远，实际步行的感觉，比看上去更加遥远。

天空已经变成了黄昏的颜色。

如果暮色降临前到不了市区，那就不得不露宿了。虎猫看了一眼小聪和惠水身后的背包，不像带着帐篷的样子。食物除了刚才的零食以外，没有其他的什么了。

情况相当糟糕。虎猫又看看脚下，长满杂草的地面肯定有很多虫子，说不定还有老鼠。可即使此刻抓到老鼠，这兄妹俩也不会高兴的，虎猫感到很沮丧，尾巴无力地耷拉下来。

从刚才开始就一点点掉队的惠水，带着哭腔叫了起来："哥哥……我脚疼。"

"加油！还有一点点路。"

"累死了，走不动了。"

"别那么说。"

"可是……"

惠水手拉着路边的栏杆，蹲了下去。小聪叫道："你这是干吗？加油啊！"可惠水只是无力地摇头，完全没有站起来的意思。

虎猫其实也累了，好久都没有走这么长的路了。不对，说不定这是生平第一次。

"不管你了，把你留这儿喽。"小聪嘟起嘴自己往前走去。

惠水忍不住哭出了声。

两人之间的距离渐渐拉开。

虎猫追着小聪的背影跑过去，又停下来；回头跑向惠水又停下来。小聪，惠水，小聪，惠水，眼睛来回地看，不知道自己要怎么办。

怎么办？怎么办？怎么办？怎么办？……

第一次，脑子里一片空白。一直都是冷静、果断、沉着的虎猫，现在心怦怦地跳着，不知所措，只想着必须要帮助这两个孩子，可却一筹莫展。

“哥哥……等一下，你不要走啊，不要把惠水一个人扔下啊……”

一个人。

虎猫一直都是一个人，活到现在。

无论是人类，还是猫，这个世界上的所有生物，终究都是只有靠自己一个人的。

虎猫一直是这么认为的。

可是现在突然发现，靠自己一个人，和被扔下成为一个人，虽相似却不同。想要和谁一起可却不得不自己一个人，这是被扔下成为一个人。

惠水最终也会靠自己一个人活下去的。可是被扔下而独自一个人的人生是悲惨的。谈“人生”，也许有点夸张了。不过，至少现在，现在不能把惠水一个人扔下不管。

虎猫朝小聪追过去，打算去抓小聪的小腿。如果小聪还是执意要扔下惠水，就准备咬他。

做出了决定，曾开拓荒野的尖锐爪子，已经准备就绪了。

可是，在虎猫就要赶上小聪的时候，小聪突然停下了脚步。

“我真差劲!”他深深地叹了口气，转过身来。

“稍微休息一下吧。”

小聪向惠水走去。

脸上还带着怒色，可眼睛却很温柔，有些伤感地噘着嘴。看到惠水抬起头来，他堆起笑容说：“哥哥其实也累了。”

太好了，太好了，这样的情景真是太美了。虎猫由衷地高兴起来，在小聪的前面好像开路先锋般挺起胸膛走向惠水。

“喂，美短!”小聪冲着虎猫喊道，口气虽然粗鲁可声音却很柔和。

“你自已想逃哪儿去随时都可以逃。”

抱歉，不能如你所愿。虎猫心想。

不计得失地把你们俩安全护送到目的地，是我的使命。虽是现在做的决定，不过也许其实是很久以前就已经注定的事。

可是这两人的目的地，究竟在哪里呢?

小聪和惠水两人坐在人行道上，你一口我一口地喝着小聪从背包里拿出来的瓶装茶。

“给小猫咪也喝一点。”惠水已经不哭了，吸着鼻涕，从路边捡了一个便利店的空饭盒，倒了一些茶在里面。

“这家伙真是只奇怪的猫，完全不想逃走。”小聪有些惊讶且无奈地说道。

“小猫咪喜欢我，对吧？”惠水抚摸着虎猫的后背，突然欢声叫起来，“我想到了一个好主意！”

“我们把这只猫作为礼物送给妈妈怎么样？妈妈肯定很吃惊，会很高兴的。因为小猫咪在妈妈那里，哥哥和我也可以经常来妈妈这里玩了。然后，妈妈虽然现在搬得很远了，可说不定以后又能像以前那样，和我们住在一起了。你说呢？”

简直是再好没有的办法了，惠水一脸得意地一口气说了出来。

可是，小聪却没有出声。

“怎么了？”惠水问，小聪避开了惠水的目光。

惠水的脸上浮起了不安的神色，可仍然强颜欢笑道：“妈妈的家，马上就要到了吧？”

小聪咬紧嘴唇，眼睛盯着夕阳。

“……惠水。”

“什么？”惠水的声音有些颤抖，大概心里有一种不祥的预感吧。小聪一直什么也不说，说不出口的理由，虎猫后来也明白了。

“妈妈的家，还很远。”

“很远……有多远呢？”

“非常远。”

“能走到吗？”

“走不到。”

“那坐公共汽车呢？”

“……还要远。是见不到妈妈的那种远。”

“可是，妈妈不是等着我们吗？妈妈，肯定等着，都等得着急了，怎么还没到呢……”

“妈妈已经养了一只新的猫了。”小聪盯着夕阳，摇了摇头，静静地说着。

“是吗？”

“嗯……”

“那么，妈妈会给我们看看新的猫吧？”

小聪又摇了摇头。

“对不起。”小聪不出声地动了动嘴唇，“我骗你的，对不起。”

没有声音。从惠水站的地方看不见小聪的嘴唇。可是，惠水的眼睛里涌上了泪水。

“妈妈，已经是别人家里的人了。和爸爸离婚后又结婚了，爸爸也结婚了……不会再像以前那样住在一起了。”

这次惠水默默地咬起嘴唇，低下头，眼泪“啪”地砸在了地上。

“对不起……惠水，对不起……哥哥一开始就知道的……可惠水那么想见妈妈，那么期待……所以就……对不起……对不起……”

小聪的眼里也流出了泪水，一直忍耐着，这时泪水比惠水还要多，如同决堤的洪水一般沿着脸颊滚落下来。

怎么办？

虎猫又来回地看着惠水和小聪。

我能做些什么？能做些什么帮助这两个孩子？想不出来。可是，必须要做些什么，他们既不是客人也不是主人，他们是旅行的伙伴，所以一定要做些什么让他们重展笑颜，只要是我能做的事……

这时一辆车从高速公路的出口开了过来。

虎猫冲到路上，故意晃晃悠悠地坐了下来，然后干脆躺在路上，想要吸引汽车司机的注意。

如虎猫所愿，汽车放慢了速度，司机对着躺在路当中的虎猫按响了喇叭。可是，虎猫不动，心里有点害怕可是就是不逃。

汽车在虎猫的前面停了下来。“嗖!”虎猫跳上了发动机罩，将头转向人行道。

司机是一个中年大妈，跟着虎猫的视线看过去，发现了在路边大哭的兄妹俩，赶忙下了车。

“哎呀，你们俩，出了什么事？”

人类都不是什么好东西。

虎猫以前一直这么认为。

老实说，现在心里一半还是这么认为。

可是一半也对人类另眼相看了。

大妈让小聪和惠水上了自己的车，把他们送到警察局。走失儿童查询处的叔叔和年轻的姐姐也一句都没有责备兄妹俩。

人类有些地方还是不错的，虎猫真想表扬他们一下，不过人类被猫表扬也许并不觉得高兴。

警察姐姐给惠水一杯热牛奶和一个果酱夹心面包。

小聪在一边说了离家出走的理由和经过，警察叔叔都一一记录下来。

都是我不好，我硬把惠水带出来的，惠水没有任何错，所以要逮捕的话，请逮捕我一个人吧……

“不会逮捕你的。”

叔叔亲切地笑着说：“小聪真是个好哥哥啊！”

从隔壁房间，走进来一个穿着警服的年轻哥哥，他对同事说：“和家里人联系上了，孩子母亲马上就赶过来，如果他们父亲来得及的话也会一起来。”

小聪听了不禁说道：“妈妈？”

“是一个年轻的妈妈。”警察哥哥转向小聪，稍微有点严肃地说，“你们的妈妈从下午开始，就一直在到处找你们。找遍了附近所有的地方，正打算要报警呢。”

小聪小声地“嗯”了一声，一脸懊恼的表情。也是啊，毕竟对小聪来说，年轻的新妈妈就是“那家伙”。

可是，年轻的警察哥哥又继续说：“你们妈妈在电话里哭了。刚开始只是说：‘太好了，太好了。’……后来变成‘对不起，真对不起’……”

听了这话，小聪的脸色有点变了。做记录的警察叔叔抓住这个时机，插入说：“真是个好妈妈。”小聪听了，终于忍不住伏在桌上哭了起来。

仿佛，哥哥小聪比妹妹惠水更爱哭。

警察姐姐给虎猫准备了奖品。

“从值夜班的饭盒里分来的哦，好好品尝吧。”

是一块海苔炸鱼肉。好吧，谢谢。

“这只猫可真不简单哪。”一旁的叔叔感叹地说。

“在主人困难的时候奋勇救主，简直不像是一只猫啊。比忠犬八公都厉害了不是吗?”警察姐姐也夸奖虎猫，可是仔细想想，这个比喻对猫来说真是很失礼。

“啊，对了，它好像是一只野猫或是走失的猫，怎么办?要跟保健所联系吗?”警察哥哥在一旁出了个馊主意。

这可不好！虎猫慌忙吐出刚咬进嘴里的鱼肉，做好随时逃走的准备。

这时，惠水突然大声说道：“不是的!”

“什么不是的?”

“这只猫不是野猫！也不是走失的猫!”

“可是，不是你家养的猫对吧?不是你家的宠物吧?”

对警察哥哥的话，小聪和惠水同时反对，可是话却不一致。

小聪说——

“从今天开始我们养它!”

惠水说——

“就算不是宠物，可它是我们的朋友!”

警察哥哥无言以对地愣住，大叔从后面拍拍他的肩膀，开心地笑着说："你输了。"

虎猫这才重新张口咬住吐回盘子里的鱼肉，一口吃下有些大，可虎猫还是努力把它吃完了。努力地咀嚼，努力让自己投入到吃这件事情里，如果不这样——心里暖暖酸酸的，不知道会怎样。

有敲门的声音，可不等里面的人回答，门就猛地被推开了。

率先进来的是新妈妈——"惠水！小聪！"哭着抱住兄妹俩，"笨蛋，笨蛋，笨蛋！"连着骂了三次。

在孩子爸爸对警察们表示感谢的时候，她也一直抱着两个孩子没有松手，一直流着眼泪，跟接电话的时候一样，反复地说着对不起。

惠水也主动地抱住新妈妈。小聪一开始僵直着身子，看着新妈妈哭得跪在地上，也怯怯地伸出手放在新妈妈的背上，然后和惠水一起大哭起来。

这下好了，新妈妈不再是"那家伙"了，虽然也许还需要一点时间，"新的"一定会渐渐变成普通，然后就像衰老的猫的指甲那样，有一天无声无息地剥落吧。

趁大家不注意，虎猫溜出了屋子。

走到外面，它抬头看向夜空，一轮圆月挂在天上。

怎么样？虎猫想问问祖先。

我，作为你们的后裔，完成了自己的使命了吗？

没有听到那个声音，但不可思议的是此刻内心有着满满的成就感。虎猫确确实实地感觉到，有无数的自己融化在自己的身体和心灵里。

好了。

虎猫回头瞥了一眼警察局，轻轻地叫了一声。

再见了。

然后冲进了黑夜中。

新妈妈同意了惠水想要养猫的请求，惠水回头叫道："小猫咪，我们可以一起回家了！"可此时虎猫已经踏上了新的征途。

因此，好不容易停下哭泣的惠水，又一次泪水涟涟，小聪安慰道："那只猫说不定是天使，上帝派它来保护我和惠水的。"惠水抽泣着深深地点了几下头。

如果虎猫能够用人类的语言留言的话，大概会给惠水留个字条：

今天的旅途结束了。

明天开始，要和新妈妈一起好好生活。

祝健康快乐！代我转达对哥哥的祝福。

从那以后没有人知道虎猫的行踪。

又聪明又强壮的虎猫，肯定不会简单地死掉，肯定现在也在某个地方陪伴着某个旅人。

棕色底斑纹的中年猫，冷眼旁观着人类社会，当幼小的孩子孤零零一个人的时候，“嗖”地从一旁冒出来，如果你看见这样一只猫的话，说不定那就是虎猫。

说不定它就在你的附近。

孤独寂寞的孩子，看到一只棕色底斑纹的野猫时，脸上是否会浮现出笑容呢？

我家梦想的毛毯猫

1

代替那失去的宝贵东西，决定让家人的一个小小梦想成真。

养猫。

不过，“养”还是太难，于是决定“租”猫。

“还真有做这个生意的人，三天两夜，比想象的便宜。”

隆平搓着自己这一个月突然消瘦下来的脸说着。

妻子春惠微微地歪着头叹了口气：“你自暴自弃啊？”

“没有。”隆平笑着说，“让一个小小的梦想实现，也不过分吧。”

活到现在，一直都是全力以赴的——隆平本想要加这么一句，可自己都觉得听上去可怜兮兮的，话到嘴边又咽回去了。

“可是，那好吗？”

“什么？”

“因为……屋子里如果留下味道，墙壁或地板如果被抓出痕迹，房屋的卖价不会降低吗？”

“没事的啦，才两三天。而且到现在这个份上，差个二三十万，也没什么大区别了。”

隆平看过房产杂志，大致调查了目前的房产市场价格。

十年前造的独立住居，四个房间加客厅餐厅厨房总面积才九十多平方米，土地的面积也不到一百平方米。离最近的地铁站坐公共汽车五分钟，公共汽车站到家徒步三分钟。而且最近的地铁站急行列车、快速列车都不停靠，到新宿大概要四十五分钟。

开价再怎么样最多不会超过二千二百万日元吧——如果能超过一千五百万日元卖出去就该很满足了。

假如一千五百万日元出手，加上退职金八百万日元，合计二千三百万日元，正好能还清剩下的房贷，手里一分钱也不剩。

“从零开始，第二次出发。”隆平假装口气明快地说道，且避开了春惠的目光。他觉得春惠的白发最近突然变得明显了。

“新婚的时候是一个房间加餐厅厨房，回到了起点，嗯。”

下个月开始租的房子是三个房间加餐厅厨房——多了两个房间哦，想要这么说，可如果这么说出口的话，感觉反而更加悲惨。

“年龄不一样了啊。”春惠冷漠地说，“结婚的时候二十七岁，现在四十三岁。而且家庭成员的人数也不一样了。”

结婚当时是夫妻两人，现在还有上初中二年级的女儿和上小学五年级的儿子。

“只是回到起点?!不明白你怎么能说得这么轻松……你不赶快再找到一份工作的话，美雪和阳太的精神状况也会变得很糟糕哦。”

妻子把孩子搬出来说事，隆平就只有低头咬嘴唇了。

可是，“想要养猫”是孩子们以前说过的。

“早知道会有今天的话，刚搬来这里时马上养猫就好了……”隆平嘟囔着。

当初养猫的承诺被“新家会被抓坏的”“等你们再大一点”等理由拖延至今都没有付诸实施，隆平心里很后悔。

“可是现在养了猫，租的房子那里规定是不允许的哦。”

“也是啊……”

“养了猫，然后因为我们自身的原因又把它遗弃，半途而废的话，还不如开始就别养。”

“嗯……”

给孩子们的承诺什么时候才能实现呢？从租房再次出发，一步一步地往上爬，到再一次能买独立住房可以养猫，还要多少年？也许根本就不是时间长短的问题，说不定根本就是不可能再实现的梦想……

隆平环视房间。

狭窄的空间，被称为餐厅加客厅确实令人有点汗颜——如果按榻榻米房间算的话大概只不过十帖。在这么点空间里既放了餐桌又放了沙发，相当地混乱。可是懒懒地躺在沙发上休息是隆平的梦想，所以当初不顾大家的反对而放了沙发，于是狭窄的空间变得更加窄了，无论朝哪个方向只要走三步必定会撞上东西。小脚趾撞上餐桌腿，痛得弯下身子时，他也只有怪自己无能。现在连这样无能的自己的家，也不得不卖了……餐桌和沙发大概租的房间里都放不下，搬家前都必须处理掉。

隆平的目光看回春惠。

“对不起。”

他没有说出声，只稍稍地动了一下嘴唇。可春惠是明白的，她的脸上浮现出寂寞的笑容，用微弱得几乎听不见的声音说：“也没有办法。”隆平又移开了目光，这种时候，夫妇之间的心念相通，比用语言连缀起来的对话更令人心碎。

“猫还是算了吧。”春惠说。

隆平轻轻地点了点头。

“反正美雪和阳太，也没有那么认真地想要养猫，而且又必须要归还的，万一爱上了小猫，孩子们会变得更加可怜。”

隆平默默地凝视着屋顶。客厅餐厅的上面是美雪的房间，旁边是阳太的房间。从时间上来说孩子们应该已经睡了，可是有没有睡着就不得而知了。两人吃早饭的时候，看上去似乎完全没有睡醒的样子。

“美雪已经告诉同学了吗？”

“嗯，已经告诉了关系好的同学。”

“只说了转学的事？”

“不知道……以那孩子的性格，应该是不会都说的吧。”

和凡事不急的阳太不同，美雪争强好胜，加上自尊心强，初中一年级时就曾因此遭到同学的欺负。

这样的美雪——肯定不会告诉同学“我爸爸在公司重组时被裁员了”“家里的房贷无法偿还所以要出售房子”这样的事。

“……美雪是不是会恨我？”

“恨是不会的，这又不是你的错。”

“是不是会想‘真是个没用的老爸’!”

这次春惠没有回答。

如果追问，说不定回答会令人非常尴尬，隆平决定不再作声。

窗户在夜风里摇得哐哐作响。这房子是廉价建筑，竣工后大概五六年的时候，突然开始在各处出问题。

“刚才……”春惠小声地说，“在你回家前，阳太哭了，说不想转校，不想和同学们分离，明年的毕业旅行要和现在的同学们一起去。”

窗户又发出哐哐的声响。

今晚风很大。

秋天就要过去了——多少年兢兢业业营造起来的家，小心翼翼呵护至今的幸福，此刻就要失去了。

又是一阵风刮过。

风声呜咽，有点像猫低沉的叫声。

第二天，隆平一大早就出发去位于市中心的职业介绍所。

在电脑上检索了人才招聘信息，工作地点和待遇完全不对等，而且压根儿就没有几条招聘信息。

试着把“年龄”一栏改成二十岁至二十九岁，招聘信息果然多了好多，这更令隆平感到沮丧。

早知道会有今天——

最近他时常这么想。

在泡沫经济的时期，整个日本的经济前景也好，自己也还年轻的时候，就应该跳槽。

以为能保值所以买了房子，这也是一个错误。如再等上三年的话，房价会低很多。哪怕是租好的公寓住到现在，用辞退补偿金也能维持几年，至少能坚持到美雪高中毕业不用搬家吧。

毕竟自己在工作上并没有犯过什么大的错误。

虽然算不上对公司有卓越贡献，但也从来没有拖过上司和同事的后腿，升职一直也不算特别慢，和客户以及下属的关系也还可以，职业生涯并没有瑕疵。

可是——还是被抛弃了。

公司领导嘴里是说“万不得已的决定”“感到万分惋惜”，可实际上就是为了让公司能生存下去，把一部分的员工抛弃了。

我做了什么？

我有什么地方不好？

隆平前几天做了个梦，在梦里他揪住人事部部长的衣襟这么质问他。

梦里的隆平声嘶力竭地怒吼着。

一边怒吼，一边流泪。

在职业介绍所里耗着也没用，招聘信息也不会因为隆平的执着而有变化。

下午约了大学时期的朋友见面，他在一个大企业里工作，不需要担心被裁员。朋友从一进咖啡店开始就明显地对隆平抱有戒心，在隆平诉说自己现在的窘迫处境时，心不在焉地应和着，眼神四处游移。

也许是担心隆平会向自己借钱——隆平觉得自己还没有沦落到那个地步。

可是，看看能不能帮忙介绍一份工作——这个心思，隆平是有的。

隆平说完了自己的情况，笑着说："有没有什么公司能介绍下吗？你们子公司，子公司的子公司有好多吧。哪里都行，干啥都行。"

朋友沉默着喝了口咖啡。

等了五秒钟。

朋友还是不开口。

“……哈哈。”隆平把目光投向窗外，交叉的双腿上下交换了一下，故作轻松地说道，“开玩笑，开玩笑的。”

朋友放下心似的把咖啡杯放回托盘里，表情终于放松了。

“我们公司也很够呛呢。”

“你说什么呢，你们可是一家上市的大公司。”

“公司是一上市公司，可员工简直和小企业一样的，员工就是下包企业。”

“……唔?!”

“据说明年春天人事变动时，我大概会被发配到外地去。”

“是吗?”

“嗯，这个秋天就有些不妙，下次肯定不行了。孩子们不方便转学，所以大概我会一人独自前往赴任。”

“如果去外地的话，大概会是几年呢？两三年能回来吗?”

朋友摇了摇头：“最少五年，独自去赴任五年也是很够呛，不过如果能回来就算幸运的了。倒霉的话，变成那边公司的员工，那就得在农村工作到退休了。”

可是，总比失业好吧。隆平心里想着，端起咖啡一口气喝完了。

朋友的手机响了，借此两人起身离座。隆平的手机从早上开始一次都没响过。被公司辞退后的一个月，手机就几乎变得没用了。如果一时半会儿找不到新的工作，生活变得拮据的话，隆平打算去取消手机的话费套餐。——自己过一次开除别人的瘾也不错。

咖啡的钱由各自付了，本来朋友想要一起付了的，可是隆平婉拒了，在柜台上放了个五百日元的硬币。

朋友的表情有一瞬间非常微妙，好像在问你没事吧？担心、同情、悲悯交杂在一起。

隆平拿了找回的零钱，把朋友留在店里，自己出了咖啡店。

“保重啊……加油。”

听到朋友在身后呼喊，隆平也不回头，朝着地铁站走去。

赶在下班高峰前坐上电车便离开了新宿。

每站都停的慢车很空，慢慢回家就行；在新宿已经没有什么事了，回到家，也没有什么特别的事要干。

这些年，究竟是为了什么每天挤那拥挤不堪的通勤电车？

磨破了鞋底，汗水湿透了衬衫，为了接待客户酒喝到快要吐出来，赔笑脸、说好话、夸张地感谢、安抚情绪，没时间就不吃午饭，星期天加班，逢年过节计算着送礼，战战兢兢、勤勤恳恳、忙前忙后、累死累活……结果，手上留下了什么？

电车的车窗里隐约浮起了孩子们的面容。

春惠的脸庞也浮现出来。

美雪说，想要养猫！阳太也是这样说。

买下现在这个房子的时候，看广告时就觉得房间和土地面积的数字真小，签约前实地去看房的时候，觉得比看广告时感觉更小，搬进去住……真的是小。

去实地看房那天，美雪第一眼看到“自己家”的表情，现在还历历在目。

当时三岁的美雪，脑子里大概想象着童话书插图上的城堡吧，看到房子时，她的一句“这么小吗”，让房产推销员苦笑无语。

一个就好。

在这个家里，实现孩子们的梦想。

带着猫回家的话，美雪和阳太一定会感到吃惊吧。

哇哦！睁大双眼，欢呼雀跃的孩子们的表情——隆平想要看看。

做一下这样的白日梦……也不过分吧……

2

“给你们带礼物回来了。”

隆平走进客厅说着。

稍稍提了提手里的笼子，在笼子里裹着毛毯的猫，“喵”地轻轻叫了一声。

第一个回过头来的是阳太。

“那是什么?”好像刚才猫的叫声被电视的声音淹没了，没有被听到。

“你猜猜看。”

隆平依然站在客厅门口，嘴角含笑地问着。春惠坐在沙发上，眼神里流露出“怎么还是租猫了呢”般的埋怨，隆平假装没看到。

“爸爸，你说的礼物，是在这个盒子里吗?”

“是啊。这个不叫盒子，叫笼子。”

“噢……里面是什么?”

“不是让你猜猜看吗?”

“我猜吗?”

儿子的反应真是太慢了。说得好听些是性格温和，说得不好听就是反应迟钝。难道在接受父亲失业且“自己的家”要出手这种现实的时候，这个性格比较有利？

“爸爸，你给个提示。”

“好，第一个提示是笼子里面是阳太和姐姐想要的东西。”

听了隆平的话，阳太马上转向美雪，兴奋地说：“姐姐，姐姐，和你也有关系哦！”

可是，美雪的眼睛还是盯着电视，从刚才开始，就一直盯着电视。

隆平的心沉了下去，奋力打起精神笑着问：“美雪，你猜是什么？”

回答只是“我不知道”。美雪连头也没回过来一下。

倒是春惠眼睛看过来，微微地摇摇头，示意隆平不要再追问美雪了。

隆平奋力打起来的精神蔫了下来。昨天晚上美雪的态度就很冷漠，今晚看上去情绪越发不好了。学校里也许发生了什么不愉快的事。

美雪和阳太相反，如果用汽车方向盘来比喻的话，是一种完全没有“把玩”式的性格，说得好听些是坚强敏锐，说得不好听就是顽固尖刻，对于别人对于自己都太严格。对于这样的美雪来说，失业、倾家荡产的父亲……隆平不敢往深处去想，跟平时一样采取逃避策略，先不去想这个问题。

“呐，阳太。”隆平重新转向阳太，“你猜猜看，你以为会是什么？”

“给第二个提示吧。”

“嗯……再给一个特别明显的提示，是活物。”

“活物？”

“是的，是一种动物，姐姐和阳太一直都说想要的动物。这下能猜到了吧？”

隆平瞄了一眼美雪，心里明白自己的眼神里充满了讨好——美雪没有反应，也没有回头。

阳太抱着手臂沉思，然后确认地问：“现在，那个动物就在笼子里吗？”

“是啊。”

“它叫起来是什么样的？”

“这个告诉你了，你可就不用猜了。”

隆平无奈地笑着回答，可内心感到相当扫兴。一般听到“一直都说想要的动物”这句话时，不应该马上就能猜到的吗？难道现在的孩子嘴里的“想要想要”并没有什么分量，只不过是说说而已？

“小乌龟……啊，不对，笼子装不了水。”

“小乌龟？！你小子想要乌龟的吗？”

“是的，前些时候在电视里看见，觉得小乌龟真可爱。”

——喂，等下。想要的东西变了，你得通知你老爸一下啊……再说，想要的东西，就这么轻易地变来变去吗？

扫兴变成了失望。

如果再演变成生气的话，就完全不明白究竟是为了什么而租猫的了。于是，隆平决定赶快把这个猜谜游戏结束掉。

隆平把笼子放下。

“阳太。”

“嗯？”

“你已经不想要养猫了吗？”

“没有啊，猫也很好。”

“……猫，你也想要的吧？”

“嗯，猫排在小乌龟后面的后面。”

阳太若无其事地回答，焦急地催促道：“猫排第几都无所谓啦，爸爸，你快点再给个提示吧，笼子里究竟是什么呢？”

——话说到这里还不明白，真是个反应迟钝的孩子。可是，自己现在正是把这个反应迟钝当成救命稻草抓着不放……

“好，看着，笼子里是这个。”

说着，隆平打开笼子的盖子，把猫抓了出来。

这是一只毛色光亮的灰色的猫——俄罗斯蓝猫。

“哇哦！”阳太欢呼起来，几乎是连滚带爬地来到隆平的身边，“爸爸让我抱抱它！可以吗？可以抱抱吗？”

因为反应迟钝，所以阳太的笑容里没有一丝阴霾，有点幼稚地过着每一天。

其实这点很好，令人感到“治愈”——虽然隆平年轻的时候不喜欢这个词。

可是失业以后的现在，看到儿子的笑脸，心里感到暖洋洋的，和泡进暖暖的浴缸里，长舒一口气时的感觉差不多，这感觉除了令人感到“治愈”以外，没有更适合的词能形容了。

阳太抱起了猫，笨手笨脚的令人担心。可是正如宠物店店员说的那样，毛毯猫不会反抗挣扎，而是会乖乖地待在人的怀里。

“阳太，还是小乌龟好吗？”

隆平开玩笑地故意问儿子，和隆平预料的一样，阳太完全不觉得爸爸在使坏，不假思索地回答：“不不，还是小猫最好！”

隆平高兴地笑道：“对吧。”

美雪还是不回头，虽然电视里在播放广告了，仍然不朝这边看哪怕一眼。所以，隆平转过脸使美雪的侧脸不在自己的视野里，笑呵呵地对着阳太。

春惠从沙发上站起身，向厨房走去。阳太冲着妈妈说：“妈妈，你看!”可春惠只是说：“等下，我先给你爸爸热下饭。”

“……我可不管哦。”孩子们回到二楼的房间去后，春惠说道。

“没关系。”隆平躺在沙发上，目光呆呆地看着屋顶，已经晚上十一点了，可阳太的房间里仍然不断地发出声响。

阳太还在和猫玩。阳太给猫取了个名字——“喵喵”，宠物小精灵皮卡丘的敌人军团里好像有只叫这个名字的猫，隆平不明白为什么要特意取个坏人角色的名字，可阳太起劲地带着“喵喵”回了自己房间，说今晚要和它一起睡觉。

看这个样子，今晚要熬夜了。对猫来说，这肯定是令它感到麻烦的事。不过明天是星期六，所以隆平决定不管阳太，随便他玩到几点都可以。

“可是，后天就要还的吧？真的没事吗？那孩子这个样子到时候会哭的吧？”

“没关系，我刚刚已经跟他说了，他也明白的。”

“这猫是租来的。”隆平如此说明道。阳太听后便问：“哎！不能养吗？”隆平安慰他说：“三天两晚，比没有总好一点吧？”阳太也同意了，无奈地说：“这倒是的。”搬家以后不能养猫——至于阳太的脑子里有没有想到这一点，隆平就不知道了。

“这是这个家最后的回忆了，明天多拍点照片和录影。”

啊！对了对了，要给摄像机充好电。

隆平从沙发上起身时，春惠的声音就像是拳击手还击拳一样撞击着他的耳朵鼓膜。

“那是为了谁？”

“啊？”

“最后的回忆……是为了谁留的？”

这还用问，隆平刚想要这么回答，又是“一拳”过来。“就是为了你自己吧？”

“哪里啊，你在说些什么？因为阳太和美雪说要养猫，在这个家里没几天了，所以我才……”

“那么，美雪高兴了吗？”

这是“第三拳”。

隆平无言以对。别说高兴了，最终美雪一句话都没和自己说，连视线也一直避开着，回楼上去了。

“后天，还猫的时候，你认为阳太会高兴吗？谢谢你让我留下了美好的回忆……你觉得他会这么说吗？”

隆平还是一句辩解的话也说不出来。

对着沉默的隆平，春惠开导似的继续说：“我觉得，回忆这种东西，不是特意制造出来的。因为是最后时刻了，所以要留下开心的回忆——这种只是大人自私的想法，不是吗？想要养猫，可是没养成，这不也是一个回忆吗？”

“……可是，作为父母，总是想让孩子梦想成真的吧？”

“如果真的养猫，那还说得过去，可是借一只猫，梦想并没有成真吧？”

“嗯，是可以那么说。”

“我觉得做事虎头蛇尾，反而会让孩子变得更加可怜……这样说你可能会生气，可是我觉得你这只是为了自我满足。”

这次不是击中鼓膜，而是直刺心口。

隆平也不是没有话可以反驳。

可是，在胸口和喉咙之间，有一块又重又硬的东西堵着，让他说不出话来。

客厅静默了一阵后，春惠寂寞地小声说道：“傍晚，房产中介来过电话了。”

是这个屋子的报价审核结果——出售报价。

“二千二百万日元，通过审核了吗?”

“说二千二百万日元完全没有可能。”

“……那么对方报了多少?”

“一千八百万日元说不定也有点难。”

“那么，他们究竟说多少能卖得出去呢?”隆平的声调不由自主地提高了。

低价似乎把隆平的情绪全部消磨殆尽了，可春惠依然用冷静的声音“宣布”着隆平之前拼命营造并全力守护的“城堡”的价格。

“开价一千五百万日元，不知道一千三百万日元的价格会不会有人买……如果能下决心把价格降到一千二百万日元的话，大概能卖得出去。”

“城堡”被攻破了——隆平无力还击。

“怎么办，要不要再找找其他的中介?”

隆平想要点头，可转念一想，还是摇头了。

“找哪个中介都一样的吧。”

“嗯……基本上。”

“房贷还不清了。”

“那个，我来想办法。”

“找你爸爸帮忙吗？”

“没有其他办法了啊。”

“这样的话，我们干脆一直住到银行来没收吧。”

隆平不完全是开玩笑，有一半真心想这样。每个月的房贷，对于失业的隆平来说是非常大的负担。可是，到银行出手为止，管他三七二十一，先住下去……

“别瞎想。”春惠寂寞地笑着说，“如果银行来没收的话，美雪会怎么想啊。”接着，她悄悄告诉了隆平今晚美雪情绪那么糟糕的原因——有个本来就不太友好的同学开玩笑地对美雪说：“你们家要深夜出逃躲债了吧。”

隆平紧紧地闭上眼睛，努力忍住内心的愤怒。

借来了猫，留下美好的回忆，可能的确是自己的自我满足。

即使这个三天两夜有快乐的回忆，可是美雪和阳太长大以后，回想起童年，在这个家中肯定也只有悲伤的回忆。

隆平敲了敲门，里面传来阳太困倦的声音：“谁？”

“爸爸。开门喽。”

“好。”阳太自己来开了门，打着哈欠笑着说，“刚刚睡着了。”

“不在床上睡，要感冒的。”

“嗯……”

“猫呢？”

“已经睡了。在那儿，你看。”阳太指着放在地上的笼子。

“喵喵”裹着毛毯睡着了。

“跟爸爸说的一样，真的是只要有毛毯，在哪儿都能睡着。”

“嗯。可是，一定要是这块毛毯才行的，因为它从生下来开始就一直这样被调教的。”

隆平将宠物店里听来的话，原封不动地告诉了阳太。

“那裹别的毛毯就睡不着了？”

“是的。所以，宠物店的人说绝对不能搞丢这个毛毯。”

这条看上去像是哪儿都有卖的米色无花纹的毛毯却是猫的无价之宝。只要有这块毛毯，出租猫在哪里都能睡着。这让隆平觉得出租猫有点可怜，可反过来也有点羡慕它。

不管去到哪里，只要有它就能安心睡觉——相当于毛毯的东西，自己有吗？想到这里，隆平叹了口气。

3

次日一大早，天气很好。

绝佳的纪念摄影日——回忆能在阳光灿烂里熠熠生辉。

隆平不停地操纵着数码相机和摄像机，拍摄这只家中的宠物猫。画面中是在楼梯上弓着背的“喵喵”、在走廊上慢慢踱步的“喵喵”、钻在餐桌下面的“喵喵”、阳台上的“喵喵”、壁橱内的“喵喵”、浴室里的“喵喵”……

“‘喵喵’是不是当过模特啊?”阳太表情惊叹地问道。

“说不定当过。”隆平也点头同意。因为不管让它去哪里，它都乖乖地跟过去，然后自己摆个姿势，让人感叹不已。“对对，就是想要拍这样的照片!”多亏了这只性格率真且脑子聪明的猫。

“昨天晚上一整晚一点都不吵闹，在毛毯上蜷缩成一团，好可爱的。”

“它睡得很好吧?”

“嗯。”

“你小子一直看着它，自己没睡够吧?”

嘿嘿，阳太不好意思地笑了，同时打了一个大大的哈欠。

“爸爸，再去哪里拍呢?去外面散步拍怎么样?”

“外面也不错……可还是在家里拍吧。”

隆平觉得马上就要失去这个“自己的家”了，所以才想要留下快乐的记录。春惠认为这样“自找麻烦”也好，“充其量不过是你的自我安慰”，可隆平坚持认为几年后、十几年后……几十年后让孩子们在翻开相册时能笑着说：“啊，以前的家是这样的呢。”这是为人父母的责任。

隆平上二楼后，在阳太的房间里拍了几张照片，又录了一段阳太和“喵喵”疯玩的影像。

阳太和“喵喵”的“回忆”，似乎已经足够多了。

可是，春惠和美雪各自的“回忆”，却还一点都没有——春惠为搬家忙着整理厨房里的物品，隆平把镜头对准她时，她满脸怒气地说：“别，这样的可别拍。”美雪匆匆地吃了早饭马上又回自己房间去了，门上还挂出写着“正在学习，请勿打扰”的牌子。

这样可成就不了全家的美好回忆。

虽然现在还难以接受，可先拍好照片和影像，将来有一天一定会笑着说“还好当时拍了照片和录像”。现在，这个时刻，如果闹别扭而不拍的话什么东西也不会留下，只会剩下“父亲被公司开除，只能把家卖了”这些悲苦的记忆。

“好，休息一下。等一下爸爸再叫你，你想想还要去哪里拍。”

把阳太和“喵喵”留在二楼，隆平自己下楼回到了客厅。

春惠正坐在厨房的地板上，把水池下面存储柜里的锅碗瓢盆都翻出来，拣选着需要带到搬家后的租赁房里的餐具。

虽然听到隆平走进来的脚步声，但她依然背对着隆平，有点寂寞地笑着说："这么一整理才发现其实有好多根本不需要的东西呢。"

"哎呀……我给你拍张照片吧，一张也好。"

"拍照片有什么意思呢？"

"可是，难得有猫在，而且一旦真正开始准备搬家，家里的样子就会完全不同了。趁现在拍一点照片和影像留下回忆，不好吗？"

"那种东西不要也罢。"

"不能这么说吧。回忆是很重要的，如果不自己努力去留住，就会什么痕迹也没有的。"

"我不要留下什么痕迹。"

会话虽然和昨晚一样——可是，隆平叹着气坐在地上，决定说出昨晚没有说的话。

"你还记得电视剧《岸边的相册》吗？就是那个剧本是山田太一写的，杉浦直树八千草薰，还有国广富之演的那个。"

"嗯……记得是重播的时候看的，剧情是家被洪水冲走的那个电视剧，对吧？"

“对。那个最后的场面，记得吗？”

“最后不是发洪水的场面吗？”

“洪水是最后的场面……可结尾时剧中那个家族的相册留下来了。”

在洪水来到之前，家族成员人心涣散，连象征着家族微小幸福的“自己的家”也被洪水冲走了。可是——相册留下了。洪水之后这一家人如何生存的剧情没有再拍下去。

“可是，我觉得，那家人肯定能重归于好，因为相册留了下来，也就是说回忆被留了下来。我觉得只要有回忆，不管遇到怎样严峻的情况，一家人必定能够重新团聚在一起……”

“我是家里的次子。”

“……话题太跳跃了。”

“是同一个话题。因为我是次子，所以我孩童时期的照片，比哥哥少好多。哥哥入小学以前，装他照片的相册就有两大本，而我从生下来到小学毕业总共才一本。”

“这种事很多的。”

“我也不是嫉妒哥哥，也不是羡慕。只是小时候的事，自己也大都不记得了。可翻开相册就想起来，原来有过这样的事或那样的事。所以，如果照片少，那么能想起来的事也就少了……这终究还是一件很令人伤心的事。”

春惠没有再说下去。

希望有一天……很久以后的某一天，全家一起翻开相册，或者一起看影像，笑着回首“家有宠物猫”的日子，然后更深切地感到幸福。

为了那一天，现在一定要留下具有实体的照片或影像。

隆平觉得，下面的话先不说为好，想先听听春惠怎么回答。

可是，春惠一言不发，继续整理着东西，也不回头看隆平。

“我说……”

“不好意思，我今天很忙的，一过中午就让人来回收废弃的物品。”

“就让我拍一张照片吧。你如果肯拍了，美雪说不定也肯拍了。”

春惠耸了耸肩，叹了一口气。

“虚假的回忆？不要了吧，不然会让人更伤心。”

商谈的结果还是回到昨晚的状态。

隆平噘了下嘴叹了口气。

“这么说也许你会不高兴，在留什么记忆之前，你没有什么事要做吗？以后的工作……如果你拼命地找工作，我和美雪都会感到更安心。”

“职业介绍所今天休息。”

“星期六应该不休息吧。”

“……我不清楚。”

“不管职业介绍所如何，你在周末可以找找认识的人想想办法吧，待在家里算什么。如果是我，无论要去找多少人，我也要去试试。”

昨天约见的大学朋友的脸，此刻浮上隆平的眼帘。

警戒心、疏远感，以及哀怜的微笑——不知道朋友是不是有心那样，总之当时的情景鲜明地在隆平眼前苏醒过来。

“……我也不是自己想要被裁员的。”

隆平的声音里充满了怒气。

“这我也知道。”春惠依然背对着隆平说道，话语中也带着锋芒。

隆平愤愤地站起身时，电话响了。

这是房产中介公司打来的电话。

说房子说不定有人买。

“说是那个客人马上要来看房子。”春惠既忘记按电话的保存键，也没想起来要用手捂住话筒，疑惑地对着隆平说。

据说那个客人正好在附近看其他房子，可没有中意的，正打算回家去时，房产中介顺口说了昨天有一处房子刚审核了房价……

“怎么办？中介说虽然还没有与我们正式签待售房屋委托，不过那个无关紧要……既然已经在附近了，问可以来看看吗？”

“可是，我们都没有打扫。”

“说这个无所谓的。反正人家搬进来前会重新装修，只是想看看光照情况和房屋格局。”

打扫的事确是无所谓，关键是还没有做好心理准备。

万一，这个客人看中了，价格也谈得拢……这不就真的要离开这个家了吗……可是，这正是期待着的事……这个机会放弃的话，说不定以后来看房子的客人都不一定会再出现……

“让他们来吧。”隆平说。春惠也点头，表示同意。

春惠的表情显得有些感伤，隆平觉得此时自己的脸上可能也是同样的表情吧。

和“自己的家”告别的时刻，意外地，说不定就这么来临了。不是洪水，而是中介公司的小型厢车，三十分钟后就要来到家门口。

只是，回忆的相册还没有完工。

“猫，怎么办？”

“啊？”

“我们没跟中介的人说家里有宠物啊。之前中介的人说过如果在家里面养猫狗，想要买这个房子的人会变少……”

“那让猫出去一下吧。”

“会不会逃掉？”

“让阳太一起去的话，应该没有问题吧。”

“可是那很危险的，猫‘嗖’地跑了，阳太一心追赶，出了交通事故怎么办？”

“……那我也一起去。”

“你说什么啊，卖主不在场怎么行？我和你都必须留在家里。”

那么——

答案只有一个了。

春惠看了一眼屋顶。“说不定她不愿意，不过我上去问一下看看。”便自言自语着上二楼去了。

隆平看着屋顶，祈祷着两个孩子能听话地离开一会儿。不只是因为猫的缘故。希望美雪和阳太暂时离开，不要亲眼目睹他人掂量自己家值几个钱的场面，也希望他们能不看见自己的父母只能在一旁赔着笑脸的样子。隆平想如果美雪坚持不肯离开自己房间的话，只有把这话挑明了。

听到下楼的脚步声，比想象的快好多。

“怎么样?”

“嗯，没问题。现在美雪在换衣服，阳太在让猫回笼子里去。”

“是吗……”

“说不想看见买房子的人的脸。”

隆平默默地点头。说是“点头”，其实说“垂下头”，或者“垂头丧气”更确切些。

心意总是不相通的父女——在这种事情上，却想法一致。

来看房子的客人，也是一家四口。和隆平、春惠年纪相仿的父母，带着两个孩子——姐姐和弟弟，年纪和美雪阳太也差不多。也就是说，和隆平家非常相似的一家人想要买这个房子。

还好美雪不在家里，隆平几次三番地想着。

这一家子用比隆平预期的更加无礼的眼光审视着整个房子。

“哎！和想象的不一样啊。”女儿说。

隆平觉得这家人的女儿看上去似乎是一个任性刻薄的孩子。

站在客厅的沙发上，像是在蹦床上蹦跳着的儿子，胖胖的，一眼看上去就是一个被宠过头的“熊孩子”。

然而，父母对孩子们的没规矩的言行却毫不责备，只顾着咚咚咚地敲着墙壁，抚摸着墙上的创痕，小声地说着话。

看上去不是感到太满意。虽然听不见他们的对话，可是对方妻子的表情以及歪头的动作传递出这样的信息。

“从车站过来要坐公共汽车的吧。”

对方丈夫问春惠。

春惠正要说“五分钟”，却被隆平制止，隆平接过话说：“走路十分钟也能到车站的。”

“院子看上去很潮湿的样子啊……太阳，照得到吗？”

对于对方妻子的问题，隆平也抢着回答：“照得到的，上午的时候，太阳很好的，刚刚洒过水了。”

可怜我的内心感觉。但是没有办法，哪怕是贵一块钱也好——而且先要让人想买。这是隆平作为这个家的主人的最后使命了。

对方的女儿用手肘推推母亲，下颚略抬，示意要看二楼。

“那让我们看看二楼吧，孩子们的房间是怎样的，我家孩子也感兴趣呢。”

美雪不在家，真是太好了。

于是，大家一起上了二楼。

那家女儿看见美雪的房间门上挂的“正在学习”的牌子，小声地嘲笑道：“真幼稚。”

隆平真想从后面给她脑袋一巴掌，勉强算是忍住了。

对方的女儿打开了房门。

毫不客气、没有顾虑地推门而入，隆平看得出春惠也有点不高兴了。

可是——

隆平和春惠的表情，从他们一踏进房门的瞬间就凝固了。

床后的墙壁上，用粗粗的签名笔写着：“买这个房子的人，不得好死!”

4

来看房子的客人气愤地回去了。

房产中介公司的推销员临走时说：“出售‘自己的家’这种事情，是人一生里不会发生几次的事情，请你们全家一起好好商量一下再做决定吧。”推销员说的时候，脸上勉强维持着商业笑容，可言外之意大概是“你们家的中介代理没法做下去了”。

大门关上以后，春惠一屁股坐在了玄关的台阶上。

“……真没想到美雪会那样。”她有气无力地喃喃道，脸上一副哭笑不得的表情。

“那个大概擦不掉吧，必须要换墙纸才行了。”隆平回答的声音也是软弱无力且尖声细气。

意料之外的棘手开销——不，钱的事是小事，美雪在墙上写下那样的话时，是怎样悲痛懊悔的心情？想到这里，隆平感到无地自容。

“怎么办?”春惠问。

“什么怎么办?”隆平反问。

隔了一会儿春惠才低声地说：“没什么。”

“……没办法，现在只有卖房子一条路。”隆平明白过来。

“我知道。”

“不管美雪怎么说，已经没有其他出路了。”

“知道了……不是已经说了知道了嘛……”

“再找别的房产中介吧。”

这次春惠没有回答。

“墙纸，如果请专业的人来换，要花好多钱，我自己来试试吧。去家居商场，应该有卖的。”

春惠还是沉默不语。

隆平叹息着进了客厅。

屋外响起卡车的声音，卡车倒车时的电子警告音也随之而来。

废物回收公司的卡车来了。

春惠慢吞吞地、看似异常沉重地站起身，寂寞地笑道：“半道上被打岔，东西都还没整理好。”

但是说是“还没整理好”，可回收公司的人一进厨房，春惠就让对方拿走这个或那个地指示着，除了上午拣选的东西之外，餐柜里的东西也好多都允许对方拿去。隆平猜测她是不是有点绝望地自暴自弃了。

隆平也灰心丧气。不管怎样感到惋惜，要搬去的租赁房里能放进去的东西有限，将“自己的家”的回忆全部搬过去是肯定不可能的。

春惠让回收公司的人明天再来一次。明天要搬客厅里的东西，以及——说着，她转向隆平。

“明天让他们把沙发拿走，可以吗？”

一瞬间，隆平犹豫了。

离正式搬家还有些日子，虽然肯定会很挤，可搬到租的房子里说不定也能放……嗯，大概是没希望了。

隆平默默地点了点头。

出乎隆平意料，春惠爽快地对负责回收的人说："那，明天搬走沙发的事也拜托你们了。"

"明天吗？"头发染成金色的回收员问。

"嗯？"

"嗯，我是说，我们今天也能搬，卡车还有空间放得下。"

"……是吗？"

"是的，那个沙发，也不算太大，餐桌一起搬走也没问题。"

貌似只要春惠点点头，回收员马上就动手搬走。春惠瞥了隆平一眼，隆平逃避地移开了视线。

"全部都听你的，你决定吧。"自己知道这也是一种逃避。

"怎么样？"回收员催促地问道。

春惠的视线回到对方身上。"不好意思……还是明天吧。……嗯，明天是不是可以，还不明确，还是我们决定了再给你们电话吧……"

"不好意思，不好意思。"春惠反复地道歉，并鞠躬。春惠有些过度的礼貌，使得回收员惶恐起来："没有，不用道歉的，没关系，对我们都一样的。"说着也微微鞠躬。

玄关的外面传来阳太的声音，还有美雪的声音。

“看上去客人好像走了吧?”

“走了吧，回收的卡车都来了。”

“会已经卖了吗?”

“谁知道。”

“可是不卖掉不是不行吗?”之后，回收员也不出声地干着活。春惠和隆平的视线一次都没有交集，对着走进客厅来的美雪，两人也一句话都没说。

“不是说了卖不卖掉我才不管呢，你好啰唆啊，笨蛋阳太。”

……

“‘喵喵’不会是察觉到它外出期间发生的事了吧？回来后好像突然变得非常喜欢客厅了。”

“怎么说，这家伙，昨天刚刚来到这个家，可是好像十几年前就在我家一样，你们不觉得吗？非常地习惯，非常自然的感觉。”

的确情况是像阳太说的这样。

躺在沙发正中的“喵喵”有一种以前就一直如此的感觉。

翻一下家里以前的相册，说不定，褪色的旧照片里有“喵喵”……

隆平苦笑起来，眼睛呆呆地看向屋顶。

春惠去了美雪的房间，很长时间都没下来。两人在说话，貌似说了很久了，隆平大概能够猜到说些什么，所以反而不想去深究。

“爸爸。”阳太说道。

“嗯？”隆平答应之后，阳太压低声音继续说道，“刚才姐姐说了……”

“美雪？说什么了？”

“‘喵喵’的工作就是到人家家里去住，所以在我们家住过的事，很快就会忘记，一点儿也不记得。……是真的吗？”

这不是瞎说。虽然不是瞎说，但是，这是不希望被明着说出来的话。

“说不定能记住。”隆平勉强地笑着安慰道，“猫本来就是很聪明的动物，出租猫是特别聪明的猫。所以我认为，应该能记住。”

“是吗？”

“嗯……很有可能。”

“可是，姐姐说脑子聪明的话，也很擅长忘记。”

貌似美雪用饭碗打比方，给阳太做了解释说明。美雪说人心就像是一个饭碗，并不能无休无止地装下回忆，需要忘记的东西如果不赶快忘记的话，回忆就会浮现在脑海。

“姐姐说，脑子聪明的孩子，既擅长记住也擅长忘记。”

“唔……”

“笨小孩的话，会记住一大堆不需要的东西，而没有留下记住重要事情的空间。”

“那……说得也对。”

“姐姐说，她要把这个家的事全部忘记。”

隆平感到后背有一个冰冷的东西在滑落，喉咙口抽搐似的收缩，呼吸困难。

“然后，姐姐说我学习不太好，肯定是记住了很多这个家的事情和要搬过去的新家的事情。这样的话，重要的事都记不住，将来一定会很辛苦……”

阳太不知道是不是没有理解姐姐话里的意思，用着悠闲语调，好像在说他人之事一般。

这点——只是这点，拯救了隆平。

隆平伸手拿起桌上放着的数码相机，感慨地说道：“忘记也不要紧，忘了也能想起来，所以爸爸才拍了这么多照片。”

“我不会忘的。”阳太不服气地回应道。

隆平苦笑着，又把相机放下了。

不能给孩子留下难忘的回忆。作为父母，隆平认为这是最令人悔恨、最伤心寂寞、最难以释怀的事，可只留下美好的回忆，的确也有点一厢情愿了。

隆平又拿起放下的数码相机，反转了镜头的方向。液晶屏幕上，映出隆平自己的脸，脸上没有笑容——这也没办法，可是笑不出来也是一种回忆——他自己说服自己般按下了快门。

阳太抱着“喵喵”回自己房间去了。大概十点左右，突然神色慌张地跑到楼下。

“爸爸，妈妈，怎么办？”

他以一种快要哭出来的声音说道。

“‘喵喵’的毛毯不见了！想要让‘喵喵’睡觉，打开笼子，毛毯不在里面。‘喵喵’也发现毛毯不见了，突然就疯狂起来，在房间里乱跑，还抓我……”

阳太的手背和手腕上都有被抓破的伤痕。

“白天你们带猫出去过，那时毛毯拿出来过吗？”春惠问阳太。

“没有，没拿出来过。”阳太摇了好几下头。

“那应该不会没有了啊。”

“可是，就是没有了啊！”

“一直都在笼子里面吗？”

“一直都在！”

“回家后有没有拿出来过呢？”隆平又问。

“没有拿出来过！一点都没去动过笼子！”

隆平和春惠互相看了看对方，想到可能的原因——只有一个。

隆平站起来，对哭了起来的阳太轻声说：“你等着。”春惠连忙制止隆平：“还是我去吧。”

“没事，我也去。”

“你包扎一下阳太的伤口吧。”

“嗯，可是……”

“你出面的话，美雪会更加闹别扭的。”

被这么一说，隆平无言以对。

春惠又安慰了一句：“你放心。”然后径直走出了客厅。

这时——响起了下楼的脚步声。

春惠停下了脚步，隆平感到身体僵硬起来。

美雪在客厅门口站住了。

“在找猫的毛毯，对吧？”冷静、挑战的声音和表情。

“你知道？”春惠问道。美雪轻轻地点点头，表情似乎在说“是的，我知道”。

然后轻描淡写地说：“被我扔掉了。”

“扔了……扔哪儿了？”

“公园。公园后面不是有片树林吗，‘唰！’扔那儿了。”

美雪哈哈大笑起来，没有任何后悔反省的样子，甚至可以说是一副“看你们能把我怎么样”的架势。

隆平慢慢地吸了一口气，让自己高亢的情绪稳定下来。

“……你为什么要那样做呢？”

“因为毛毯很臭。”

“那是猫的味道。爸爸我一开始就说了，离开这块毛毯，‘喵喵’就会受不了的。宠物店店员说的，出租猫能够在这家那家安心过夜，是因为有这条毛毯和它在一起。”

“它受不了有什么关系。”

“……美雪，你知道自己在说些什么吗？”

“让它不依赖毛毯试试。”

“美雪！”

春惠转向隆平说道：“你别激动。”可隆平没有理她。

“你讨厌搬家，可以；你要恨爸爸，也可以，你尽管恨好了。完全没有关系……可是，你别把气出在比你弱小的猫身上！”

“爸爸不是也一样！”

“……我怎么了？”

“自己被公司开除，房子也不得不卖掉……最受牵连的不是我和阳太吗?!你却去租只猫来，有什么意义?”

隆平一下子泄了气，说不出话来。

美雪的话又像刀剑一般继续刺了过来。

“是父母的话，干点像父母的事!别干些让孩子感到伤心的事!”

隆平垂下眼睛，牙齿咬住嘴唇。他对无言以对的自己，感到生气，甚至懊悔不已。

“租只猫来，有什么意思?!只不过是自我安慰!租只猫来，就以为自己对我和阳太做了父亲该做的事吗?真是天大的笑话!”

话音未落，传来一声清脆的耳光声。

春惠打了美雪一个耳光。

“你给我住口。”

“……要打，也应该打爸爸吧。你去打爸爸耳光啊，我是受害者!”

又一个耳光——比刚才还要重。

美雪这次没有再反驳，眼睛睁得圆圆的，捂着被打的脸，直视着春惠。

春惠的手放下了。她叹了口气，肩膀无力地下垂，平静地说:“没有办法呀,”“我们是一家人，所以没有办法呀。”

对于这句出乎意料的话，美雪没想到，隆平也没想到。

对着沉默的美雪，春惠又重复了一遍刚才的话。

“没有办法，我们是一家人。”

美雪转过头。可是，脸上愤怒不满的表情已经消失了。

“你想看看毛毯不见了，‘喵喵’会怎样，对吧？”

“……谁要看。”

“妈妈倒是想看看呢。”美雪的目光又回到春惠身上。

“嗯，是的。”春惠对自己的话肯定地点了点头，“失去了非常重要的东西，‘喵喵’会怎样。我倒是想看看。”

美雪没有说话。

沉默代表着接受——隆平想着。

“可是，”春惠继续说，“我想猫会受不了，除了受不了没有其他办法。”

“……是吗？”

“这是猫和人不同的地方。”

“……什么意思？”

“猫失去了非常重要的东西，就只会受不了，但人不同，人失去了非常重要的东西，会把那个东西放在回忆里，以便能够再一次找到新的非常重要的东西，而且人很快就能找到。”

美雪想要反驳什么，却没说出声，嘴巴动了几下又闭上了。

“让除了会受不了而没有其他办法的猫难受，你觉得很开心吗？”

美雪低下头，微微地摇了摇头。

“你只让自己沉溺在痛苦的感情里，这样可以吗？”

美雪又摇了摇头。

“那，我们去把毛毯找回来吧。”春惠露出笑容，平静地说道。

失去了毛毯的“喵喵”，令人难以想象地焦躁不安，喉咙里不断发出低低的叫声，时不时地“呜哇”大叫，在阳太房间的各个角落里跑来跑去，上蹿下跳，甚至还用爪子抓刮墙壁。

想要让它钻进笼子，带着它一起去公园找毛毯，可是要抱住它看起来也十分不易。

阳太说：“我留下看着它吧。”可是，如果“喵喵”更加狂躁起来的话，隆平担心阳太一个人应付不过来。

“好吧，我也一起留下。”春惠说道。

这么一来，去公园的就是美雪和隆平了。

听到春惠的这句话，美雪瞬间脸色一变。可是，她并没有说不愿意。

“那我们走吧。”隆平说道。他回想起上一次和美雪单独相处还是在决定卖房之前的事呢。

于是，隆平做好了场面会非常尴尬的思想准备。毕竟好不容易有点开朗起来的美雪，说不定又会因为自己的言行马上紧闭心扉。

可是，只能两人一起去，应该说必须要两人一起去。

美雪先出了玄关，走到院子门口，回首仰望自己的家。总觉得有些奇怪，便哧哧地笑了起来。

隆平一开始想穿拖鞋，考虑了一下，换了一双很少穿的运动鞋——想要踏踏实实地走路。

说不定这是父女俩在这个家最后的回忆了。

“好了，我们走吧。”

隆平走到外面的路上，美雪在他身后几步的地方。

“哎……”

“嗯?”

“这个家，从外面拍过照片吗?”美雪问道。

隆平这才想起虽然这个周末在家里拍了不少照片，但屋外却没有拍。

“明天拍。”说完，隆平又犹犹豫豫地补充道，“大家一起站到外面，拍张纪念照吧。”他话中的大家，当然也包括美雪。

美雪冷淡地回应道：“明天怎样都可以，只是别忘了拍。”

隆平没有回答，抬眼仰望夜空。

星星依旧闪耀着。

对于星座，隆平不懂，可是看着星星——虽然只是一点点——感觉自己思考的空间却变大了。

十年后。

二十年后。

翻开在这个房子里拍的照片相册，大家是不是会开心地笑着？

隆平希望大家能笑着。

为了这个目标——

“美雪，”隆平依然抬头仰望着夜空，“爸爸还是会继续努力的。”

美雪没有回应。

隆平低下仰着的头，发现美雪已经大步地走到了前面。

可惜了，难得老爸说一回豪言壮语……

隆平轻轻地噘了一下嘴唇，追了上去。一步、两步、三步……在第十步的时候追上了美雪。美雪指着公园深处的树林，说在树荫下有一个购物筐。

“……没有扔掉，只是把毛毯藏起来了。”

隆平没有说什么，默默地和美雪并肩走去。影子时而重叠时而分开，时而超越时而被超越。

此时不知从何处，传来了野猫的叫声。

没有毛毯裹住自己的野猫，今夜在梦里又会看见什么呢？

突然浮上来的念头，让隆平的眼眶湿润了。隆平默默地闭上了眼。然而在这闭上眼睛出现的黑暗中，银河中的星辰却也似乎在此闪耀着。

BLANKET CATS
by KIYOSHI SHIGEMATSU
Copyright © 2011 KIYOSHI SHIGEMATSU
All rights reserved.
Original Japanese edition published by Asahi Shimbun Publications Inc., Japan
Chinese translation rights in simple characters arranged with Asahi Shimbun Publications Inc., Japan through Bardon-Chinese Media Agency,Taipei.

本书中文简体字版版权，浙江文艺出版社独家所有。
版权合同登记号：图字：11-2018-130 号

图书在版编目（CIP）数据

毛毯猫/（日）重松清著；汤晓帆译. —杭州：浙江文艺出版社，2020. 5

ISBN 978-7-5339-6007-0

Ⅰ. ①毛…　Ⅱ. ①重…　②汤…　Ⅲ. ①短篇小说-小说集-日本-现代　Ⅳ. ①I313. 45

中国版本图书馆 CIP 数据核字（2020）第 022287 号

毛毯猫

作　　者：〔日〕重松清
译　　者：汤晓帆
统筹策划：柳明晔
责任编辑：邵　劼
营销编辑：张恩惠
出版发行：浙江文艺出版社
地　　址：杭州市体育场路 347 号
网　　址：www. zjwycbs. cn
经　　销：浙江省新华书店集团有限公司
印　　刷：杭州富春印务有限公司
版　　次：2020 年 5 月第 1 版
印　　次：2020 年 5 月第 1 次印刷
开　　本：880 毫米×1230 毫米　1/32
字　　数：184 千字
印　　张：10. 25
插　　页：2
书　　号：ISBN 978-7-5339-6007-0
定　　价：48. 00 元

版权所有　违者必究
（如有印、装质量问题，请寄承印单位调换）